JURÁSICO TOTAL

FRANCESC GASCÓ

SARA CANO

JURÁSICO TOTAL

DINOS CONTRA ROBOTS

ILUSTRADO POR

NACHO SUBIRATS

ALFAGUARA

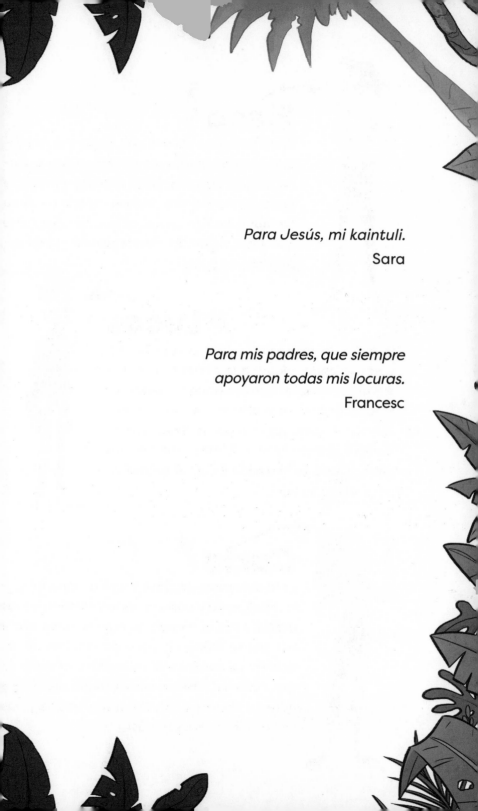

Para Jesús, mi kaintuli.
Sara

Para mis padres, que siempre apoyaron todas mis locuras.
Francesc

Elena

Es un torbellino de energía. Segura de sí misma, deportista, valiente e independiente. Elena manda siempre, gana siempre y nadie se mete nunca con ella. Todo lo contrario que su hermano mellizo Lucas, al que siempre tiene que estar vigilando y protegiendo. ¡Ojalá espabilara un poco!

Lucas

Si hay una explosión, ruidos o cachitos de cosas volando, seguro que es culpa suya. Lucas es un inventor nato, aunque no todas sus ideas funcionan a la primera. A veces se meten con él, pero no le importa. Sabe que no siempre ganan los más fuertes, sino los más listos. ¡Ojalá su hermana Elena le dejara un poco más a su aire!

Carla

Es la delegada de clase y una alumna modelo. Inteligente y popular, es la preferida de los profes. Todo el mundo quiere ser como ella y por eso se siente un poco por encima de los demás. Le encantaría volar, pisar el suelo es tan... inferior... Adora estar siempre perfecta y detesta el campo con todas sus fuerzas. ¡Y los bichos y los animales más!

JURÁSICO TOTAL

Leo

Tímido y reservado, los dinosaurios son lo que más le gusta del mundo. Ellos no pueden defraudarle ni desaparecer, como han hecho tantas personas de su vida; ya lo hicieron hace millones de años. Aunque quizá en el Colegio Iris las cosas cambien... y Leo consiga hacer amigos de verdad.

Dani

Un día se despertó, y su cuerpo le quedaba grande. Su tamaño le hace chocarse con todo y causar un montón de accidentes, casi tantos como su mejor amigo, Lucas. Tiene una paciencia infinita, siempre piensa en todo, es pacífico y le encanta la naturaleza. De esos chicos que nunca se meten en un lío... A no ser que no les quede más remedio.

LA BÚSQUEDA

Aunque estaba al aire libre, se sentía enjaulada. A su alrededor solo había paredes de roca y altas columnas de piedra. Y arena. Muchísima arena. Al correr se le pegaba al cuerpo como una segunda piel. Era asqueroso. No estaba acostumbrada al polvo, ni al calor. En su territorio todo era húmedo y fresco, azul y verde. Unos colores preciosos, no como los tristes amarillos y marrones de aquel desierto. Le recordaban al color de las plantas secas.

Le hacían pensar en cosas muertas.

Si los yajjilarii habían despertado —y la tahulu de su tribu estaba convencida de ello—, no iba a encontrarlos en aquel lugar donde no crecía nada. Pero necesitaba información, así que siguió corriendo.

Justo cuando cogía carrerilla para saltar entre dos rocas, se le enredó una pierna en la tela de la armadura ceremonial. El traje de cuero de alga le cubría el tronco, los antebrazos y las pantorrillas, por encima de una túnica de red de pesca de agujeros pequeñísimos. Llevaba el pelo rizado y salvaje recogido con una diadema de concha de caracola, el mismo material de los brazaletes y tobilleras protectores. La armadura no era incómoda, pero casi nunca se la ponía. Solo cuando la tahulu la obligaba —para «no perder la práctica», decía—, pero a ella no le gustaba porque le impedía correr y saltar.

Como ahora.

Se apoyó en el remo de madera tallada que llevaba en la mano y consiguió corregir el salto y no caer al vacío, pero estuvo a punto de romperse una pierna al aterrizar. Intentando tranquilizarse, se llevó la mano al amuleto de piedra con forma de diente de plesiosaurio que brillaba azul en su pecho. Kahyla, la yajjilarii de los ahuluna, los grandes reptiles del mar, sintió miedo por primera vez desde que había salido de su casa. E hizo lo que hacía siempre que sentía miedo.

Buscó el mar.

El único mar que vio era de arena, y aquello la asustó todavía más. Kahyla cerró los ojos y se concentró en los sonidos del desierto. Allí, al otro lado de la colina por la que subía, lo oyó. Un ruido débil, un burbujeo. No era más que un hilo de agua llena de barro, pero era agua.

Y Kahyla sabía que, si encontraba agua, lo encontraría a él.

Echó a correr de nuevo. Saltó rápidamente de roca en roca, esquivó los montoncitos de gravilla suelta. No se enredó con la armadura ni una sola vez. Y, cuando llegó a lo alto de la colina, vio aparecer la vela del gigantesco espinosaurio al que llevaba días dando caza. Aquel carnívoro de hocico alargado estaba fuera de su elemento, igual que ella.

La criatura no la oyó, pero sí la sintió aterrizar en su lomo. Rugió de dolor porque, aunque la muchacha no pesaba demasiado, en la vela curva de su espalda tenía un corte profundo. Se lo había hecho en una cueva. Sus amos le habían enviado allí para detener a unas crías de humano, los nuevos yajjilarii. La cueva se derrumbó y muchos de sus hermanos murieron, pero él había conseguido sobrevivir. Aterrorizado, había corrido kilómetros y kilómetros hasta acabar en aquel desierto donde no había agua, ni peces que comer.

Los recuerdos de aquel día se mezclaban ahora con la voz de Kahyla. Además de colarse en su mente, la chica le había atado al cuello una cuerda hecha de algas secas. Tiraba de ella con todas sus fuerzas, estrangulándolo, obligándolo a frenar.

—¿Dónde están los yajjilarii? —le gritó al oído.

El espinosaurio ladeó la cabeza e intentó morderla con su largo hocico, pero ella tiró más fuerte aún y lo obligó a tumbarse en el suelo.

—Dime dónde están —ordenó, trepando por su cuello hasta lo alto de la cabeza—. Dime lo que planean los rajkavvi, tus sucios amos, o te arrepentirás.

A pesar del dolor, el espinosaurio soltó una carcajada. Si pensaba que le daba más miedo que los rajkavvi, era una estúpida.

Kahyla levantó el diente azul frente al ojo de la criatura, y la luz aumentó. El espinosaurio la notó entrar a la fuerza en su cerebro. Entonces la chica lo vio todo: los yajjilarii habían despertado.

Y los rajkavvi tenían un plan para atraparlos.

La sorpresa hizo que aflojara la cuerda con la que sujetaba al espinosaurio. La criatura se liberó con una sacudida y se alejó cojeando todo lo deprisa que pudo. Mientras huía, volvió a reír.

«No llegarás a tiempo hasta los centinelas.»

Kahyla oyó aquellas palabras en su mente mientras el carnívoro desaparecía en el horizonte. Se levantó del suelo y buscó el río con la vista.

Era un hilillo de agua llena de barro, pero era agua. Su elemento.

—Eso ya lo veremos.

Capítulo 1
DÍA EN FAMILIA

Carla pensó que hacía un día precioso. Las nubes parecían de algodón y el sol calentaba lo justo para no quemar. Un sábado de primavera bonito de verdad. Los ventanales del comedor estaban abiertos, y hasta se olían las flores que crecían a la orilla del río junto al Colegio Iris, que antes de ser un internado había sido una central hidroeléctrica.

Era un día perfecto para ser feliz.

Pero Carla no era feliz.

De hecho, se puso triste cuando oyó el timbre por el altavoz del comedor. Y sintió un escalofrío cuando escuchó la voz del director justo después:

—Queridos alumnos, os recuerdo que hoy celebramos el día de la familia. —Hasta él, que era una máquina de regañar, parecía contento—. El centro abrirá sus puertas en diez minutos, en cuanto termine la hora del almuerzo. Los que esperéis visita, podréis recibir a vuestras familias en el vestíbulo del bloque de dormitorios. ¡Que paséis un buen día!

Carla cerró los ojos y notó el aire que levantaron los alumnos al correr hacia el recibidor. Ella se quedó sentada.

—¿No vienes? —le preguntó una de sus amigas.

—No, no voy —respondió, seria.

Carla era la delegada de clase, la cabecilla de su pandilla, la líder. Pero también la más reservada. Nunca hablaba de sus padres... ni de las cosas que le preocupaban.

Así que nadie se atrevió a preguntarle nada más.

En cuanto sus amigas se fueron, Carla se levantó de la mesa y fue hacia la puerta trasera del comedor. Aunque no se le notaba —disimular era de las pocas cosas que sus padres se habían molestado en enseñarle—, tenía ganas de llorar. Antes de salir, miró su reflejo en la ventana. Tragó saliva y se frotó los párpados para borrar cualquier rastro de humedad.

Fuera la esperaban Elena, Lucas y Dani. Y Leo. Al verle, pensó que no tenía derecho a sentirse triste: Leo era huérfano y, desde que su tía había desaparecido, no tenía a nadie en el mundo. Ella al menos tenía padres... aunque hubieran preferido irse de viaje antes que visitarla aquel día de la familia. O cualquiera de los anteriores.

Respiró hondo, puso su mejor cara de desinterés y los saludó con un:

—¿Qué, a vosotros también os han dado plantón?

Lucas se puso rojo hasta la punta del flequillo. Carla no supo si era porque ella estaba delante o porque su comentario le había molestado.

La que no pareció molestarse fue su melliza, Elena.

—Pues sí —respondió, encogiéndose de hombros—. A nuestras madres se les ha olvidado lo que es descansar un fin de semana. Deben de borrártelo del cerebro cuando te haces arquitecta.

—Es que tienen que trabajar mucho —protestó Lucas—. Esta vez no han podido porque tienen que entregar el proyecto para...

Elena le dio un coscorrón cariñoso en la coronilla.

—Asúmelo, hermanito: prefieren diseñar edificios a venir a vernos. —Se giró hacia Dani—: ¿Y tu madre qué excusa te ha puesto esta vez?

—Final del torneo de baloncesto. —El gigantón se encogió de hombros y abrió las manos como disculpándose. Lo hizo despacio y con cuidado, pero aun así estuvo a punto de barrer a Lucas de un manotazo—. Su equipo la necesita más que yo.

—Bueno, pues parece que no tenemos más remedio que pasar el día juntitos en el «campo». —Carla dijo la última palabra como si oliera mal. Se acercó a Leo y le pasó un brazo alrededor del hombro—. Tu lugar preferido, te quejarás.

Leo sonrió tímidamente. Llevaba toda la semana soportando las caras de pena que ponían alumnos y profesores cada vez que alguien mencionaba el día de la familia delante de él. Agradecía que sus amigos no lo trataran así. Saber que no iba a pasar aquel día solo lo animó.

—¿Nos vamos, nos vamos, nos vamos? —preguntó Lucas, que se subía por las paredes.

—Sí, vamos —asintió Leo—. Seguro que él también está impaciente.

Dani se puso a la cabeza y guio a los demás por entre los ciruelos rojos hacia el bosque. Caminaron durante media hora en fila india y silencio total —de vez en cuando, Carla soltaba un «puaj» o un «qué asco», aunque cada vez menos— y llegaron a un lugar sin árboles. En el borde del claro, los amigos vieron el pequeño tipi hecho con ramas caídas, hojas y mantas robadas que habían construido semanas atrás.

Y que ahora se movía como sacudido por un terremoto en miniatura.

—¡Trasto!

Lucas se arrodilló junto a la entrada y soltó el pequeño mosquetón que sujetaba la correa al palo central del tipi. Por fin libre, el pequeño tricerátops se lanzó gimiendo a sus brazos.

—Ay, no llores. Sabes que no quiero tenerte atado, pero...

—Pero es la única manera de que no se escape —le recordó Leo, agachándose a su lado y acariciando la cabeza del animal.

La cría de tricerátops frotó cariñosamente los cuernos contra las piernas de su amigo humano. Leo sacó un puñado de hojas tiernas de su mochila y se las dio de comer mientras Dani revisaba el tipi.

—Vamos a tener que cambiar el palo central por uno más grueso —observó, pensativo—. Trasto ya casi lo ha partido de tanto tirar.

—¿Este bicho no está creciendo demasiado deprisa? —preguntó Elena. Quiso agacharse para tocar al animal, pero este corrió a esconderse entre las piernas de su hermano—. ¡Que no te voy a comer, idiota!

—Él no lo tiene tan claro... —murmuró Lucas.

—La verdad es que no sé a qué velocidad crecen los triceratops —admitió Leo—. Salió del huevo hace tres semanas, más o menos. No he encontrado ningún apunte sobre el crecimiento de las crías en el cuaderno de campo de mi tía Pen...

Sintió un nudo en la garganta. Penélope. Ni siquiera podía decir su nombre sin echarse a llorar. Si Trasto llevaba con ellos tres semanas, entonces ella llevaba tres meses y cinco días atrapada en el lugar en el que habían encontrado al animal. No sabían qué era ese sitio, ni dónde estaba.

Pero ellos lo llamaban Pangea.

Pangea, un mundo habitado por dinosaurios al que habían entrado por accidente. Un mundo misterioso donde habían visto cosas asombrosas. Un mundo al que ya no podían volver para dejar a Trasto.

Ni rescatar a su tía.

Dani adivinó lo que estaba pensando Leo. Se llevó la mano a la figurilla de piedra que le colgaba del cuello y la apretó con suavidad. El amuleto, que tenía forma de diente de saurópodo —los grandes dinosaurios herbívoros— se iluminó de color verde. Cuando Dani le apoyó la mano en la espalda, Leo se sintió más calmado.

—Gracias —susurró.

Dani asintió, satisfecho. Al ver que él había encendido su diente, Elena y Carla lo imitaron. El de Elena, una figura con forma de diente de terópodo —los dinosaurios carnívoros—, se encendió de rojo. El de Carla, que dominaba a la familia de los pterosaurios —los reptiles del aire—, se tiñó de color morado.

—¡Hora de entrenar! —dijeron las dos a la vez.

Elena miró sorprendida a Carla, y las dos se echaron a reír.

—¡Nunca pensé que te oiría decir eso! —gritó Elena, intentando atraparla con un impulso de sus fuertes patas.

—¡Yo tampoco! —Carla desplegó las membranas de piel que habían aparecido bajo sus brazos, aleteó con fuerza y escapó de ella sin dificultad.

—¿Te apetece que hagamos unos lanzamientos? —le propuso Dani a Elena.

Dani se acercó a una roca bastante grande que había en el borde del claro. La agarró con sus fuertes manos, y la levantó por encima de la cabeza como si no pesara nada.

—¿Preparada? —preguntó.

Elena asintió con una sonrisa llena de dientes afilados.

—Llevo un siglo preparada, tortuga —dijo, dando saltitos impacientes en el sitio.

Con un movimiento muy lento, el gigante se preparó, apuntó y lanzó. La roca salió disparada hacia arriba y se perdió entre las nubes, cruzando el claro a toda velocidad.

Pero Elena era más rápida. Cuando la piedra cayó al otro lado, ella ya estaba allí, preparada para recibirla con los brazos abiertos. La recogió con una pirueta y se la devolvió con rapidez a Dani. Por desgracia, la velocidad no era una de las cualidades de su compañero de rugby. La roca se desvió y estuvo a punto de aplastar al pobre Trasto, que correteaba persiguiendo un cacharrito redondo con ruedas.

—¡Tened cuidado! —se quejó Lucas, molesto.

El pequeño inventor se tapó la nariz y de su cabeza surgió un sonido parecido al que haría una tuba. Trasto dio media vuelta al escuchar la llamada del arenysaurio y echó a correr hacia él, contento. El tricerátops estaba tan entusiasmado que no pudo frenar a tiempo y chocó contra su humano adoptivo. Lucas cayó de espaldas sobre el césped, riendo. Su diente, de la familia de los cerápodos, brilló amarillo en su cuello.

—Hay que mejorar esa frenada, amigo. —Lucas se sentó en el suelo y le tendió a la cría un puñado de hojas verdes—. Ahora, cuando sople dos veces, tú buscas a Clocky y me lo traes, ¿vale?

—¿Estás intentando amaestrarle?

Carla tomaba el sol en la rama de un árbol, justo encima de Lucas.

—Bueno, quería enseñarle algún truco —respondió él, como si le hubiera pillado haciendo algo vergonzoso—. No sé si se puede amaestrar a los dinosaurios, pero... A veces sé lo que piensa Trasto. Es como si pudiera hablar con él, pero sin decir nada.

—Entonces, ¿tú también has notado la conexión? —preguntó Leo, que tenía la espalda apoyada contra el tronco del mismo árbol. Sacó de la mochila el cuaderno donde tomaba apuntes sobre Pangea, y lo abrió para escribir algo rápidamente.

—A mí me pasa lo mismo —dijo Carla—. La primera vez que salimos de Pangea, pasé mucho miedo. Fue como si los ornitocheirus lo notaran, porque vinieron a rescatarme y me pusieron a salvo de los depredadores.

Elena frenó en seco justo al lado, dejando un surco en la tierra, y recibió la roca que le acababa de lanzar Dani.

—Yo sentí el dolor de los carnívoros cuando la cueva se derrumbó... —rugió, con los dientes apretados, mientras devolvía el improvisado balón—. Lo que los hombres-raptor les hacían para dominarlos era horrible. Podía oírlos en mi cabeza. No quiero ni pensar lo que podrían hacer si tuvieran esto.

Apagó la luz roja de su amuleto y lo apretó con fuerza en el puño.

Leo tomaba notas a toda velocidad en su cuaderno. Todavía no sabía por qué, pero creía que aquella información era importante.

—A mí me preocupa más lo que los dientes están haciéndonos a nosotros —la voz de trueno de Dani retumbó desde el centro del claro.

—¿A qué te refieres? —preguntó Leo.

—Los amuletos nos ayudan a dominar a un grupo de dinosaurios, pero creo que ellos también nos dominan un poco a nosotros —explicó Dani—. Yo tengo que encender el diente todos los días, aunque solo sea un rato, para sentirme bien.

—Yo me pongo muy nerviosa si no sé dónde está —reconoció Carla.

—Sí, yo también estoy un poco enganchado —admitió Lucas, acariciando su diente naranja con una mano y la cabecita de Trasto con la otra.

—¡No me extraña! —exclamó Elena.

Rebosante de energía, volvió a encender su amuleto y salió disparada con sus fuertes piernas de depredadora. Cogió la roca más parecida a un balón de rugby que encontró y se la lanzó a Dani, que parecía el doble de grande de lo normal desde que había activado su diente. El gigante la recibió con su lentitud natural, y echó atrás sus largos brazos de brontosaurio, preparado para lanzar.

—Leo, esta es para ti.

Leo dejó su cuaderno de campo, fue al centro del claro y activó su diente. Se le endureció la piel y la coraza de los tiréoforos le cubrió la espalda. Apretó los puños reforzados y se preparó para hacer papilla la roca, que se acercaba a él como un cohete. Golpeó con todas sus fuerzas y...

Cayó aplastado por su peso.

—¡Ay!

Al escuchar el grito de dolor, Trasto dejó de perseguir a Clocky y corrió junto a Leo. Los demás no tardaron en hacer lo mismo.

—¿Pero qué has hecho? —aterrizó Carla, asustada.

—¡Lo siento! —se disculpó Dani, intentando quitarle la piedra de encima a Leo. De repente, la notaba muy pesada. Necesitó ayuda de Elena para moverla—. ¿No has activado el amuleto?

Lucas señaló el pecho de Leo. El diente de tireóforo palpitaba con luz naranja.

—¡Pero si lo tiene encendido! No lo entiendo.

—¿Estás bien, frikisaurio? —preguntó Elena.

Leo se frotó la espalda, confuso. La coraza parecía ahora un poco más blanda.

—Me ha dolido, y cuando lo tengo encendido no me duele nunca —dijo. Entonces, se dio cuenta de que la luz de su amuleto ya no era tan intensa—. Igual he tardado mucho en encenderlo...

—¡Ni se te ocurra lesionarte! —bromeó Elena—. ¡Con lo que nos está costando prepararte para el equipo de rugby!

—¡Eso! Mejor que el profesor Arén sea el único al que tengamos que ir a ver al hospital —añadió Carla.

Pero se arrepintió inmediatamente. El comentario cayó sobre todos como un cubo de agua fría. El profesor Arén, el tutor legal de Leo tras la desaparición de su tía, había estado a punto de morir durante la expedición a Pangea. Habían conseguido sacarlo de allí con vida, pero todavía estaba muy grave.

—Se va a hacer de noche —dijo Dani, mirando al cielo—. Deberíamos volver.

Todos apagaron sus dientes. En silencio, recolocaron el tipi de Trasto. Lucas volvió a atar la correa al poste central, intentado que los gemidos del animal no le pusieran triste. Luego apoyó la frente entre sus cuernecitos con pena.

—Mañana vuelvo, lo prometo —se despidió, y siguió a los demás hacia el bosque.

Los cinco caminaron sin hablar, guiados por la luz de la linterna de Dani, entre las sombras alargadas de los árboles. Supieron que estaban cerca del colegio cuando escucharon las voces de sus compañeros despidiéndose de sus familias entre gritos y risas. Se les encogió el corazón de tristeza.

Carla se giró hacia Leo. Si a ella le afectaba tanto ver aquello, no quería imaginar cómo se sentiría él.

Pero la atención de Leo estaba en otra cosa. Mira~ba al bosque, hacia las luces amarillas que se colaban entre los árboles. Las ventanas del centro de investi~gación de Zoic estaban iluminadas, y eso solo podía significar una cosa: el profesor Arén había vuelto.

Capítulo 2
DIVIDIDO

—¡Ssshhh!

A Osvaldo Arén se le escapó un siseo entre los dientes. La luz de los fluorescentes del centro de investigación le hacía daño en los ojos. Llevaba allí escondido tres días. Tres días viviendo a oscuras, sin encender nada para que nadie supiera que estaba allí. Y ahora que se había atrevido a apretar el interruptor, se arrepentía de haberlo hecho.

Se tapó los ojos con el brazo. Las escamas y los cañones de las plumas que le habían cubierto la piel le arañaron los párpados. Era una pesadilla. Tiró de la manta que le cubría los hombros y se tapó hasta los nudillos.

¿Qué iba a hacer?

No podía salir así del centro de investigación.

Tampoco podía seguir escondiéndose mucho más tiempo.

—¡Arggghhh! —rugió, desesperado.

Golpeó la mesa a ciegas y barrió con el brazo todo lo que había encima. Documentos sacados a oscuras de los archivos de Zoic. Restos recuperados del yacimiento, encajados entre sí como piezas de un puzle. Todo cayó al suelo.

Todo le daba igual.

Cuando despertó en el hospital, intentó convencer a los médicos de que sus síntomas se debían al accidente en la excavación. Las escamas en la piel eran heridas que estaban tardando en curar. Las pupilas alargadas y los dolores de cabeza, culpa del fuerte golpe. Los médicos no le creyeron: pretendían que se quedara, hacerle más pruebas, pero él no quiso. Dijo que no recordaba nada del accidente, que quería volver a casa, que tenía un chico al que cuidar.

Era todo mentira.

Recordaba muy bien lo que había pasado, pero necesitaba salir de allí. Los médicos no podían obligarle a quedarse, así que lo dejaron marchar.

Era todo mentira, excepto lo del chico al que tenía que cuidar.

Leo, el sobrino de Penélope.

Penélope.

Si la hubiera creído cuando le contó aquella loca teoría sobre mundos paralelos... Si no hubiera dudado cuando le dijo que creía que algunos yacimientos eran en realidad portales, entradas a una tierra en la que los dinosaurios seguían existiendo...

¿Qué habría cambiado?

El profesor Arén no lo sabía. Solo sabía que necesitaba volver, volver, volver a aquel mundo. Pero, para volver, primero tenía que salir del centro de investigación. Y luego descubrir cómo abrir de nuevo el portal que sus alumnos habían destruido al escapar. Y para abrir el portal necesitaba los documentos y las piezas que acababa de tirar al suelo.

—Concéntrate —se dijo.

Se agachó, todavía sin abrir los ojos, y empezó a buscar a tientas. Pero no tocó papeles y fósiles, sino algo distinto. Una plataforma metálica abollada. Cuatro patas frías, dobladas. El robot de expediciones que lo había traído de ese mundo misterioso olía a quemado, pero quizá su memoria conservara la información que Osvaldo Arén necesitaba.

Lo cogió de una pata y lo arrastró hasta una de las torres robóticas del centro de investigación. Conectó las dos máquinas con un cable y, cuando escuchó el sonido que indicaba que se había activado la transferencia de datos, apoyó la espalda contra la pared y abrió los ojos.

Allí, en la superficie metálica de la torre robótica, vio su reflejo y sintió miedo. La manta marrón envuelta alrededor del cuerpo, la piel de los brazos y el tronco cubierta de escamas y plumas, aquellas pupilas alargadas... Se parecía demasiado a los hombres-raptor que lo habían hecho prisionero.

—No te asssussstesss —dijo una voz en su mente.

No era la suya.

—Pero, estos ojos, esta piel...

Esa frase sí que la había dicho él, a pesar de que su reflejo en la torre robótica no había abierto la boca. La conversación sucedía en un lugar oscuro de su mente, entre su propia voz y la de una de aquellas horribles criaturas. El profesor Arén se alegró de no haberles contado a los médicos ninguna de aquellas cosas. Habrían pensado que estaba loco.

La voz invasora volvió a hablar.

—Volverán a ssser normalesss sssi cumplesss tu promessssa.

—Estoy haciendo todo lo que puedo.

—Mientesss. Llevasss demasssiado tiempo dormido. Tienesss que regresssar.

—¡No puedo regresar, no sé cómo!

—Tienesss que regresssar. Traénosss losss dientesss. Date prisssa.

—Los dientes... los tienen los niños. No puedo dejar que me vean así.

—Losss niñosss no importan —dijo la voz—. Sssolo losss dientesss.

—Pero...

De repente, el profesor Arén dejó de ver. Frente a sus ojos apareció la imagen de un huevo de terópodo iluminado de rojo. El mismo con el que los hombres-raptor lo habían torturado en el otro mundo. La imagen era cegadora y ardiente. El profesor Arén sintió su fuego en todo el cuerpo.

—¡De acuerdo, de acuerdo! ¡Lo haré!

La imagen desapareció y el dolor también.

—Bien —dijo la voz, satisfecha—. Recuerda: deben entregarlosss voluntariamente.

La criatura desapareció de su cabeza al mismo tiempo que en la torre robótica se iluminaba una luz de aviso. La transferencia de datos había fallado. En el robot de expediciones no había ninguna información que recuperar.

—¡Maldita sea! —exclamó el profesor, dando un puñetazo en el suelo.

Entonces se dio cuenta de que la luz de la torre no era la única que estaba encendida. Entre las patas abolladas y negras del robot de expediciones, vio una bombillita verde.

El profesor se acercó a gatas al robot y desconectó el cable que lo unía a la torre. Lo cogió en brazos como si fuera un animal herido y lo llevó hasta una mesa en la que había un ordenador. Cogió otro cable, más fino, y conectó las dos máquinas. El piloto verde se apagó y en la pantalla del ordenador apareció un mensaje enviado hacía tres semanas. El día en que Leo y sus amigos habían ido a rescatarlo.

De: osvaldo.aren@zoic.com
Para: centralheadquarters@zoic.com
Asunto: SOS

*****URGENTE*****
PORTAL ABIERTO EN CENTRO DE
INVESTIGACIÓN DEL COLEGIO IRIS.
DOS MIEMBROS DE ZOIC AL OTRO LADO:
PENÉLOPE EIRÓS Y OSVALDO ARÉN.
SOMOS CINCO ALUMNOS.
ENTRAMOS A RESCATARLOS.
CUIDADO: DINOSAURIOS.
ENVÍEN REFUERZOS.
*****ES MUY URGENTE*****

El profesor Arén dejó de ver de nuevo. Esta vez no vio el huevo ardiente. No vio nada, solo oscuridad. Se estaba mareando.

—No —dijo, agarrándose a la mesa para no caer al suelo—. ¡NO!

Estrelló los restos del robot contra la pantalla del ordenador. Desde el centro del monitor se extendió una red de grietas blancas como la tela de una araña.

El profesor Arén jadeaba de rabia y de miedo.

Rabia, porque aquel mensaje lo complicaba todo. Necesitaba hacerse con los amuletos y atravesar el portal sin que nadie se lo impidiera. Y, si alguien en Zoic había recibido aquel mensaje y había creído lo que decía, se lo impedirían.

Miedo, porque sabía lo que los hombres-raptor le harían si no cumplía su promesa.

Recordó la voz en su cabeza.

Date prisssa.

Recordó el calor del huevo.

Sintió un escalofrío.

Entonces escuchó otra cosa. Esta vez fuera de su cabeza. Un sonido en el que no se había fijado hasta entonces: la alarma del detector de movimiento de la entrada. Sobresaltado, manteniéndose apartado de las ventanas, se acercó al telefonillo que abría la puerta y encendió la cámara.

Leo, Lucas, Elena, Carla y Dani.

Si no los dejaba entrar, todos estarían a salvo. Él, porque los cinco amigos no verían en lo que se estaba convirtiendo. Ellos, porque no tendría que quitarles los amuletos. Sí, lo mejor era no dejarlos entrar. Pero cuando apartó el dedo del botón de la cámara, una sacudida le recorrió el cuerpo desde la frente hasta las plantas de los pies. El profesor Arén sintió como si fuera a partirse en dos.

—¡Cumple tu promesssa! —exigió la voz del hombre-raptor en su mente.

No quería hacerles daño. Pero aquel dolor era insoportable.

Cuando el timbre de la puerta del centro de investigación empezó a sonar, una, y otra, y otra vez, el profesor Arén se envolvió en la manta que llevaba a los hombros y se tapó las orejas con las manos.

Luego se acurrucó en una esquina y se echó a llorar.

***

—¡PROFESOR ARÉN! —gritaba Leo, nervioso—. ¡ALDO! ¡Necesitamos hablar contigo! ¡Sabemos que estás ahí!

—Leo, llevamos media hora llamando al timbre —intentó tranquilizarle Dani—. Si está dentro, seguro que nos ha oído. Y si no quiere vernos, por mucho que grites, no creo que vaya a cambiar de idea.

—A mí me da igual que él no quiera vernos a nosotros, nosotros sí queremos verlo a él —dijo Elena. Se había remangado y estaba a punto de encender el amuleto—. Prepárate, Dani, que vamos a tirar la puerta abajo.

—Pero... —protestó el gigante.

—¡Espera! —intervino Lucas, levantando una mano frente a su hermana—. Qué manía con hacerlo todo a lo bruto siempre.

Lucas rebuscó en la mochila que llevaba al hombro. Sacó dos varillas metálicas que tenían un gancho curvo en un extremo y un pequeño mango de plástico con un botón en el otro, y las puso sobre la cerradura.

—¿Por qué llevas agujas de hacer ganchillo en la mochila? —se burló Carla.

—¡No son agujas de tejer! —dijo él, avergonzado—. Son ganzúas eléctricas para forzar cerraduras. Hay que meterlas aquí y aquí...

Lucas apretó los botones y las ganzúas giraron como taladradoras, pero Dani puso su manaza en medio.

—Espera, espera —dijo, precavido—. ¿Lo has probado antes? ¿Estás seguro de que no explota, ni nada?

Lucas se subió las gafas por la nariz y se mordió el labio, como si Dani le hubiera pillado en medio de una travesura.

Impaciente y preocupado, Leo los apartó y se llenó los pulmones de aire para volver a gritar. Pero el grito se le quedó atascado en la garganta cuando el profesor Arén abrió la puerta.

—¿Sí?

Leo tuvo ganas de abrazarlo, pero no se atrevió. El profesor Arén parecía estar a punto de romperse. Aunque era de noche, llevaba gafas de sol, y se movía como si le doliera andar. Debía de tener frío, porque llevaba un forro polar con el símbolo de Zoic abrochado hasta la barbilla y una manta marrón alrededor de los hombros.

—¿Se encuentra bien? —preguntó Carla. No lo hizo con la voz de pelota que usaba siempre que había un profesor cerca. Estaba preocupada de verdad—. Disculpe que hayamos venido tan tarde, seguro que estaba descansando...

—Sí. Me han dado el alta hoy, estaba intentando dormir un poco. —El profesor Arén parecía incómodo. Se tocó la patilla de las gafas para que los cinco amigos entendieran por qué las llevaba puestas—. Me duele muchísimo la cabeza...

—No habríamos venido a verle si no fuera urgentísimo —explicó Elena.

—¿Qué es tan urgente que no pueda esperar a mañana? —preguntó el profesor, molesto. Todavía no les había invitado a entrar en el centro de investigación.

Leo tomó la palabra.

—Profe... Aldo —se corrigió—. No sabemos cuánto recuerdas de lo que pasó al otro lado de la cueva, pero tenemos que descubrir la manera de volver.

El profesor se acomodó las gafas de sol, pero no dijo nada. Los miró uno a uno tras la oscuridad de los cristales, pensando qué decir.

—Tengo recuerdos borrosos —respondió, al fin—. No sé qué es real y qué es una alucinación. Recuerdo que al otro lado de la cueva había un mundo lleno de...

—¿Dinosaurios?

Lucas tiró de la correa que sujetaba con la mano derecha y la cría de triceratops asomó entre sus piernas.

Al ver al profesor, sin embargo, el animal gimió asustado y volvió a esconderse.

Osvaldo Arén se agarró al pomo de la puerta como si fuera a desmayarse.

—Todo lo que recuerda pasó de verdad, profesor —dijo Leo—. **El yacimiento es un portal a otro mundo, un mundo en el que los dinosaurios no se han extinguido. Y hay más portales. A mi tía no se la tragó la tierra: está perdida allí, en Pangea.** ¡Encontramos un mensaje suyo en un templo! ¡Está viva!

—¿Pangea? —preguntó el profesor, confundido—. ¿Templo?

—Pangea es como ha llamado el dinolistillo al mundo loco ese —explicó Elena arrugando la cara—. Y el templo es donde activamos esto.

Sacó el diente de piedra de debajo del cuello de la camiseta.

El profesor Arén extendió una mano temblorosa hacia el amuleto, pero Elena lo apartó bruscamente.

—Así que los dientes tampoco son imaginaciones mías... —murmuró Osvaldo, llevándose la mano a la cabeza como si le doliera—. Deberíais dejar que los examine en el laboratorio —dijo con voz preocupada.

E impaciente.

44

Recuerda: deben entregarlosss voluntariamente.

—¿Qué? —protestó Elena—. ¡No! ¡Son nuestros!

—Pero podrían... podrían ser peligrosos. Radiacti-vos, o algo por el estilo —insistió el profesor Arén.

—Igual el profesor tiene razón... —sugirió Dani, aunque no se decidía a entregar el suyo—. La verdad es que desde que los tenemos nos están pasando cosas raras...

—¡Pero los dientes no son lo importante! —exclamó Leo, furioso—. ¡Lo importante ahora es rescatar a mi tía! ¿Nos ayudarás, Aldo?

El profesor Arén contestó, pero las aspas de un helicóptero gigante con el símbolo de Zoic se tragaron sus palabras. Osvaldo se encogió, dolorido por la luz y el ruido de aquella máquina voladora. Los cinco amigos la vieron aterrizar en el techo del centro.

Cuando el ruido paró, un hombre altísimo, con una espalda enorme y el pelo recogido en una coleta se asomó por la barandilla del helipuerto. Lucas cogió a Trasto en brazos para intentar esconderlo. Demasiado tarde. El hombre lo señaló y, girándose hacia los miembros de Zoic que bajaban con él del helicóptero, dijo:

—Empaquetad al bicho, nos lo llevamos. —Luego los miró a ellos, se rascó la barba y saludó al profesor—. Mensaje recibido, Arén. Han llegado los refuerzos.

Capítulo 3

VIAJE A LO DESCONOCIDO

Dani casi nunca se ponía nervioso. No era por el amuleto: él siempre había sido tranquilo. No se enfadaba cuando se metían con su tamaño (lo que pasaba mucho desde que había dado el estirón), ni perdía la calma en los momentos de tensión (algo que había aprendido en los campamentos de exploradores a los que iba todos los veranos). La tranquilidad era su estado natural.

Pero a bordo del enorme helicóptero, envuelto en aquel arnés que le apretaba el pecho como un cepo, Dani no conseguía tranquilizarse.

—Si te molesta, puedes ajustarlo —dijo el hombre de la coleta, señalando una banda elástica entre las tiras de metal. Allí dentro había muchísimo ruido, así que tenía que hablar a gritos—. Tranquilo, grandullón. Yo también me puse nervioso la primera vez que monté en un cacharro de estos. Te prometo que, aunque tiemble como una batidora, resiste más que un tanque.

El hombre estiró la mano para darle una palmadita en el hombro. Luego siguió leyendo los papeles que tenía sobre las rodillas, protegidos por una carpeta negra con el símbolo de Zoic en rojo. En el suelo, a sus pies, había una caja con muestras de la excavación del colegio. El hombre vestía la misma ropa que les habían dado a ellos antes de subir al helicóptero: unos pantalones

desmontables verdes y un polo del mismo color, con la huella de Zoic bordada en el pecho.

Dani se reajustó el arnés. Cuando se notó más libre, respiró aliviado.

—¡No le hagas caso! —le advirtió una voz, justo enfrente.

Lucas tuvo que estirar el cuello para que su amigo pudiera verle. Las dos hileras de asientos estaban colocadas frente a frente, pero entre ellas había un montón de cajas apiladas que le tapaban por completo. A diferencia de Dani, a Lucas le sobraba arnés por todos lados. Si aquello hubiera sido una montaña rusa en vez de un helicóptero, nunca le habrían dejado subir.

—Parece que sabe de lo que habla, ¿no? —contestó Dani.

—Buah —resopló Lucas, evitando cruzar la mirada con la del hombre—. Tú ves un uniforme de explorador y ya te crees todo lo que te dicen.

—Pero, ¿por qué no iba a creerle? —preguntó Leo, abrazando con fuerza el cuaderno de campo de su tía Penélope. Cada vez que el helicóptero subía y bajaba por las corrientes de aire, él cerraba los ojos y apretaba los dientes.

—¡Es un mentiroso! —protestó Lucas, enfadado—. ¡Dijo que no iba a hacerle daño a Trasto, y mira!

Se revolvió en el asiento y señaló la pequeña jaula que había un par de cajas más atrás. Dentro, la cría de tricerátops roncaba plácidamente, sin notar el movimiento del helicóptero.

—No le han hecho daño: lo han dormido porque le estaba dando cornadas a todo lo que se movía —repuso Elena, incómoda. Era evidente que a ella tampoco le gustaba sentirse prisionera de aquel complicado cinturón de seguridad—. Pero tienes razón: es un mentiroso.

Al contrario que su hermano, Elena había dicho aquello sin disimular, mirando al hombre directamente a los ojos. Él dejó el expediente a un lado, sonrió divertido y se cruzó de brazos.

—Oh, vaya —respondió, burlón—. Tengo a bordo a la listilla de la clase. A ver, cuéntame tu teoría.

Elena, que estaba hecha para competir, aceptó el reto sin dudar.

—Es imposible que el director y nuestros padres te hayan dejado meternos en esta chatarra rumbo a no se sabe dónde —hizo una pausa, con la barbilla levantada—, a menos que les hayas contado una buena trola.

—Sí. También dijiste que no tardaríamos mucho en llegar, y llevamos toda la noche de viaje —se quejó

Carla, pellizcando el polo de su uniforme como si estuviera tejido con mocos—: Y que los uniformes eran bonitos, pero este verde es horroroso.

El hombre se rascó la barba, pensativo, y los miró con el mismo interés con que antes observaba los restos del yacimiento.

—Guau, menudo par de detectives —comentó, desabrochándose el arnés y levantándose del asiento—. Si me disculpáis, tengo que ir a hablar con vuestro profesor. —Y cuando vio que las chicas se preparaban para acribillarle con más preguntas, añadió—: Sabréis adónde vamos y para qué cuando lleguemos.

—«Sabréis adónde vamos y para qué cuando lleguemos» —repitió Elena con retintín mientras él se alejaba—. Pero ¿este tío quién se ha creído que es?

—Es Jonás Bastús —respondió Leo en un murmullo.

—¿Lo conoces? —quiso saber Dani.

—No lo había visto nunca —reconoció él—. Pero ha trabajado con mi tía en varias expediciones. Confiaba mucho en él.

—Pues a mí no me da ninguna confianza —gruñó Lucas.

El pequeño inventor se retorció como una anguila dentro del arnés. Después metió la mano en el bolsillo y sacó un aparato cuadrado. Pulsó un par de botones y lo dirigió hacia una de las pequeñas arañas robóticas que pululaban por el helicóptero, transportando cosas de un lado a otro o vigilando a Trasto.

—¿Qué haces? —preguntó Carla, curiosa.

—Intentar reconfigurar al robot para que nos saque de aquí —respondió él, concentrado.

—Estate quietecito, anda —intervino su hermana, estirando los brazos hacia él—. Que la vas a liar, como siempre.

—Sí, Lucas —dijo Dani, apretándose contra el asiento—, que de aquí al suelo hay una buena caída.

Como si hubiera escuchado la conversación, una de las arañitas bajó del techo, extendió una de sus patitas metálicas y le quitó a Lucas el aparato de las manos.

—¡Eh! ¡Devuélveme eso! —gritó el chico mientras el robot corría para ponerse fuera de su alcance—. ¿Lo has visto, Leo? ¿Leo?

Pero Leo no le escuchaba. Estaba atento a la conversación que Jonás Bastús y el profesor Arén mantenían junto a la puerta de la cabina.

Las hélices hacían muchísimo ruido y Leo no consiguió escuchar lo que decían, pero tampoco lo necesitaba: los dos hombres lo decían todo con el cuerpo. El profesor Arén movía las manos, nervioso, y se bajaba constantemente las mangas del polo para no dejar los brazos a la vista. Aún llevaba puestas las gafas de sol y se las recolocaba sin parar. Estaba encorvado y tenía la cabeza gacha, como si quisiera pedir perdón con la postura. En cambio, el explorador Bastús estaba tenso, hinchado, como si quisiera ocupar todo el espacio a su alrededor. Miraba al profesor con el ceño fruncido y los puños apretados. Las arrugas de su frente le recordaron a las de Elena cuando se enfadaba, pero sus movimientos eran lentos y pausados, como los de Dani. Jonás Bastús señalaba una y otra vez hacia ellos. El profesor Arén negaba con la cabeza y murmuraba con la vista clavada en el suelo.

Así estuvieron un buen rato, hasta que finalmente el explorador le dio la espalda al profesor y entró en la cabina de los pilotos. Osvaldo fue a sentarse en el asiento que Jonás había dejado libre junto a Leo. Suspiró y empezó a frotarse la frente con los dedos.

—¿Estás bien, Aldo? —preguntó el chico, preocupado—. Quizá tendrías que haberte quedado descansando. Podríamos haber venido solos, no hacía falta...

—No hacía falta implicar a Zoic —le interrumpió él, con voz ronca, sin levantar la vista del suelo.

Leo notó que toda la sangre del cuerpo se le iba a los pies.

—Yo... Nosotros... —balbuceó—. No sabíamos qué hacer. Teníamos que rescatarte, pero no sabíamos si lo conseguiríamos. Pensamos que lo mejor era pedir ayuda, que alguien supiera que...

—Lo habéis complicado todo.

Leo notó que los ojos se le empezaban a llenar de lágrimas. No entendía por qué el profesor estaba enfadado, por qué no quería mirarle. Le temblaba la voz, pero consiguió no echarse a llorar cuando dijo:

—Lo siento, lo hicimos lo mejor que pudimos.

Soltó el cuaderno y, en silencio, apoyó una mano en la rodilla del profesor. Al notar el contacto, el profesor Arén se sacudió. Leo pensó que le había rozado alguna herida o moratón y quiso apartarla, pero Aldo no se lo permitió.

—Perdóname, Leo —dijo, agarrándole con fuerza. Giró la cabeza hacia él, con los ojos todavía tapados por las gafas de sol—. No me lo tengas en cuenta. No estoy recuperado del todo. La estoy tomando contigo sin razón.

A Leo se le aflojó el nudo de la garganta.

—¿Adónde nos llevan, Aldo? —preguntó.

—No os preocupéis —lo tranquilizó—. Seguramente a uno de los centros principales de Zoic. Quieren haceros preguntas sobre... ¿Cómo lo llamaste?

—Pa... Pangea —reconoció Leo, avergonzado.

—Me gusta —sonrió el profesor Arén—. El supercontinente primigenio. Al menos hasta el Jurásico.

—Sí, aunque en ese otro mundo viven especies de épocas posteriores... —dijo Leo, preocupado por haber cometido un error.

—Es un buen nombre, me gusta —le sonrió su tutor—. Eres un chico muy listo, Leo. Tu tía está muy orgullosa de ti.

Leo se dio cuenta de que el profesor Arén todavía hablaba de su tía en presente. Notó que la esperanza volvía a calentarle el pecho y sonrió. Las lágrimas que había conseguido aguantar hasta entonces empezaron a caerle por las mejillas.

—No temas por ella, Leo. Penélope está bien, estoy seguro. Vuestra experiencia servirá para que Zoic monte una expedición de rescate. Bastús se encargará de ello. La traerán de vuelta. Y, mientras, vosotros podréis iros a casa.

Leo esperaba sentir alivio, pero lo que sintió fue pena. Entrar en Pangea había sido una de las experiencias más terroríficas de su vida, sí. Pero también la más emocionante. Y, aunque aquel lugar le daba miedo, desde que habían vuelto no conseguía quitarse de la cabeza la idea de volver.

Sin querer, se llevó la mano al colgante que llevaba escondido bajo el polo de Zoic.

El profesor Arén se puso rígido en su asiento.

—Cuando os interroguen, Leo, contádselo todo, pero no les habléis de los dientes —le pidió. Volvía a tener la voz ronca.

—¿Por qué? —preguntó Leo, confundido.

—Porque en todas partes hay gente ambiciosa y sin escrúpulos —respondió el profesor—. Me gustaría poder analizarlos antes de que lo hagan personas que se preocupan más por los intereses de Zoic que por los vuestros.

Leo tragó saliva. Confiaba en el profesor Arén, pero pensar en separarse del amuleto casi le dolía. Se sintió egoísta, pero no quería que nadie tocara su diente.

Ni el profesor Arén, ni nadie.

Se alegró cuando Jonás Bastús le distrajo al salir de la cabina de los pilotos:

—Aterrizaremos dentro de cinco minutos. Abrochaos bien los arneses, el aterrizaje será movidito. —Le guiñó un ojo a Elena—. No es «trola».

—Deja de vacilarnos tanto y dinos dónde estamos —contestó ella.

El explorador se sentó en otro de los asientos, se abrochó el arnés de seguridad y, sonriendo de medio lado, señaló la ventanilla con la cabeza.

Desafiante, Elena le sostuvo la mirada un momento. Pero al final la curiosidad pudo más que ella. Lo que vio a través del cristal fue una explosión de todos los tonos de verde que conocía, y de muchos que no. Por un segundo, los cinco amigos pensaron que estaban de vuelta en Pangea y sintieron un escalofrío de emoción.

El helicóptero quedó suspendido sobre una zona despejada en la vegetación. En el centro del claro había un edificio enorme, muy parecido al centro de investigación del Colegio Iris, pero mucho más grande. En torno a él vieron pequeñas construcciones blancas con forma de iglú. Algunas se apoyaban en el suelo y otras en plataformas elevadas, y estaban conectadas entre sí por pasarelas metálicas con el suelo transparente. Desde el cielo, parecía una masa de setas unidas por una telaraña de metal y vidrio.

Estaban tan embobados con el paisaje que cuando el helicóptero tocó el suelo y los arneses se desabrocharon automáticamente, estuvieron a punto de caerse de los asientos. El explorador se levantó y pulsó un interruptor. La compuerta del helicóptero se abrió, y la luz del amanecer los deslumbró.

—¡Ostras, qué pasada! —dijo Lucas, que corrió a asomarse a la puerta.

—Cuidado —le advirtió Jonás, haciéndole barrera con el brazo extendido—. Hay que esperar a que se despliegue la rampa de...

—¿Bajada? —le retó Elena, descendiendo al suelo de un salto.

En lugar de regañarla, Jonás le sonrió desde lo alto y la imitó.

—¡Yo de aquí no me muevo sin Trasto! —protestó Lucas, buscando a la cría.

En aquel momento, la jaula del triceratops se levantó del suelo. Había estado montada todo el tiempo sobre un robot de expediciones, que ahora la llevaba en el lomo. La cría seguía dormida como un tronco. Lucas intentó atrapar al robot, pero este siguió avanzando como si nada.

—¡Eh, tú, quieto! ¡Dani, ayúdame! —bufó Lucas, tirando del robot con todas sus fuerzas—. ¿Adónde lo llevan?

—Al edificio principal. Te prometo que no le harán daño. —Jonás no dio más explicaciones.

—¿Palabra de explorador? —dijo Dani, levantando el índice, el corazón y el anular de la mano derecha.

—Palabra de explorador —respondió Jonás, imitando el gesto con seriedad.

Dani miró a Lucas con una sonrisa, como si aquello demostrase que el hombre era de fiar, pero el pequeño inventor entrecerró los ojos, enfadado.

—Mira cuánto campo, Leo —le dijo Carla a su amigo, pisando el suelo de puntillas—. Este sitio te va a encantar.

Ayudando al profesor Arén, al que todavía le costaba caminar, Leo bajó del helicóptero y siguió a Jonás por aquel laberinto de pasarelas. El grupo caminaba en silencio, muy atento a todo lo que veían: hombres y mujeres, vestidos con el uniforme de Zoic, que cepillaban el terreno bajo las pasarelas de metacrilato. Robots de tecnología punta, que analizaban y transportaban herramientas o protegían zonas de la excavación. Restos fósiles, estatuillas y ruinas de piedra que sus amigos no supieron identificar, pero que a Leo le resultaron familiares. Cuando llegaron a la sombra del edificio que había en el centro del claro, Leo frenó en seco.

—¿Qué pasa? —le preguntó Lucas.

Leo no contestó. Soltó al profesor, sacó el cuaderno de campo y lo abrió por una página concreta. En ella había una foto. Leo la sostuvo frente a la cúpula blanca coronada por la huella roja de Zoic.

—¿Esto es...?

El explorador le puso una mano en el hombro y asintió.

—La excavación más grande de Zoic hasta la fecha. —Jonás echó a andar hacia la puerta del edificio—. El yacimiento que descubrió tu tía Penélope.

Capítulo 4

LAS ENTRAÑAS DE ZOIC

—¡Jolín! ¡Por tu culpa se me ha escapado!

Lucas apretó los labios, enfadado, y vio cómo su presa, una araña robótica del tamaño de un balón pequeño, trepaba por la pared y se ocultaba entre las tuberías del techo. El pequeño inventor intentó avanzar, pero no podía. Además, se estaba quedando sin aire. Su hermana lo tenía enganchado por el cuello del polo.

—He dicho que te estés quieto —respondió Elena, soltándole tan de repente que su mellizo casi se cae al suelo de boca.

Lucas estaba nervioso, igual que los demás. Del desayuno que les habían servido en la gran mesa de reuniones no quedaba casi nada. Habían comido como bestias, un poco por hambre, y otro poco por nervios. Llevaban allí casi una hora, solos, y estaban empezando a preocuparse. Las paredes de la sala en la que se encontraban eran transparentes. Todas, excepto una. A través de los ventanales de metacrilato, los cinco amigos veían el ir y venir de uniformes verdes y complicadas máquinas por los pasillos del centro de investigación de Zoic.

—Es que esto es flipante —dijo Lucas, ofreciéndole una mano al robot.

El pequeño artefacto dudó, y volvió a bajar por la pared. Después, se acercó a la mano extendida y la analizó con su escáner láser, como un perro olisqueando a un desconocido. Cuando decidió que el pequeño inventor no era un peligro, lo rodeó dando saltitos. Lucas le acarició la plataforma y pulsó un botón. De su lomo salió un brazo articulado terminado en una pinza que a él le pareció una cabecita.

—Hala, ¡qué bonito! —exclamó Dani.

—¿Bonito? —Carla lo miraba con desconfianza—. ¡Pero si parece una jirafa en miniatura!

—O un diplodoco... —murmuró Dani, acercando uno de sus dedazos con cuidado. El robot abrió la pinza y le atrapó el dedo con suavidad. Luego lo sacudió de arriba abajo como si estuviera saludándole—. ¡Ay, qué majo!

—Y útil... —comentó Leo con ojos brillantes.

Se imaginó entrando en Pangea con una versión más grande y potente de aquel artilugio. Podría ayudarle a protegerse de los dinosaurios depredadores. Podría ayudarle a... rescatar a su tía. Volvió a sentir un escalofrío al recordar los peligros que amenazaban a Penélope. Cuando recordó que ya llevaba perdida tres meses y una semana, sintió náuseas.

No, se dijo a sí mismo. *Está viva. La gente de Zoic la encontrará.*

Pensar eso le ponía nervioso, pero había algo más. Algo profundo, intenso, enterrado en lo más hondo de su mente. Sabía que no era el único que lo notaba.

—¿Vosotros también os sentís raros? —preguntó.

—¿Como si fueras un pájaro enjaulado, quieres decir? —ofreció Carla.

—Yo tengo ganas de romper algo —dijo Elena con los puños apretados.

—¿Habéis activado los dientes? —preguntó Dani, preocupado.

Lucas sacó el suyo de debajo de la camiseta.

—No. Pero noto todo lo que le pasa a Trasto: sé que hace un rato que se ha despertado y que está asustado. —Luego se frotó el omóplato derecho con los dedos, justo donde habían pinchado a la cría—. Y, aunque el de la coleta diga que la inyección no le ha dolido porque tiene la piel muy dura, es mentira.

—Yo también estoy muy nervioso, y eso no es normal —dijo Dani, serio—. ¿Qué sabes de este sitio, Leo?

—Pues... nada —respondió él—. Mi tía y su equipo descubrieron este yacimiento hace unos años, pero siempre decía que no podía hablar sobre él. Lo que hacía aquí era secreto.

—Y ahora entenderás por qué.

La mujer que había hablado entró repiqueteando con los tacones en el suelo. Vestía una bata de laboratorio (con tanto estilo que podría haber sido un vestido de noche), y debajo ropa muy elegante que parecía hecha a medida. La montura de sus gafas ovaladas era negra. Tras los cristales había un par de ojos de color gris, igual que su pelo corto y perfectamente peinado.

Carla se quedó boquiabierta, y pensó que de mayor quería ser tan elegante e inteligente como aquella señora. Lucas se quedó con la boca abierta y pensó que de mayor quería construir aparatos tan chulos como los que la acompañaban: una araña del tamaño de un perro grande y un humanoide que recogió los restos del desayuno y se marchó en silencio.

El explorador y el profesor Arén llegaron justo después, pero se separaron en cuanto entraron en la sala. Jonás se cruzó de brazos junto a la mujer, en el centro del laboratorio. El profesor se colocó detrás de ellos y se sentó en una esquina, como si quisiera mantenerse lo más lejos posible.

—Igual el frikisaurio lo entiende, pero yo no —soltó Elena—. Quiero saber dónde estamos y qué está pasando aquí.

Jonás la miró con comprensión y se aguantó la sonrisa. La mujer la miró con desprecio, como si acabara de decidir que Elena no le gustaba. Luego carraspeó y empezó a hablar:

—Soy Vega Merón, directora del Centro Tecnológico Avanzado de Zoic. Es el lugar donde nos encontramos ahora mismo —aclaró, mirando a Elena a los ojos—. Desde este yacimiento, Zoic trabaja con paleontólogos y expertos en otros campos para poder extraer la máxima información de los restos encontrados. Yo, por ejemplo, soy ingeniera, especialista en robótica y creadora de los prototipos que veis aquí. —Señaló afuera, a las criaturas metálicas que recorrían las instalaciones. Después miró al fondo de la sala—. El profesor Arén es codirector del equipo de paleontología, junto con tu tía Penélope, Leo. Un desperdicio, en mi opinión, porque las máquinas siempre se le han dado mucho mejor que los dinosaurios —comentó, guiñándole un ojo. El profesor no pudo evitar sonreír—. Y el hombre que os ha traído aquí es Jonás Bastús, ingeniero forestal y jefe de expediciones de Zoic.

El explorador se adelantó para quedar a la altura de la mujer.

—Vega crea artilugios que me hacen la vida más fácil.

—Y a veces te la salvan... —añadió la mujer, mirándole de reojo.

—Y a veces me la salvan —reconoció Jonás, mirando al techo—. Tu tía Penélope y yo hemos colaborado en varias expediciones, Leo. Éramos buenos amigos.

Leo se puso tenso. Tenía muchas preguntas, pero Elena se le adelantó.

—Muy bien, pues ya que somos todos amiguitos —dijo, de brazos cruzados—, ¿vais a contarnos qué leches hacemos aquí, o no?

El profesor Arén se revolvió en su taburete. Elena pensó que iba a regañarla, pero solo dejó escapar un siseo, como si algo le doliera mucho. La ingeniera tragó saliva e intentó tranquilizarse. El explorador se tapó la boca para no reír.

—Tranquila, listilla —dijo Jonás, acercándose a una de las torres robóticas de la sala—. Deja de interrumpir y escucha.

Pulsó un botón y las luces del laboratorio se apagaron. En cuestión de segundos, las paredes dejaron de ser transparentes y se volvieron blancas. Jonás apretó otro botón y la torre empezó a proyectar imágenes sobre una de ellas. En vez de en un laboratorio avanzadísimo, parecía que estuvieran en una sala de cine.

Las imágenes no tenían sonido, pero tampoco hacía falta. **Lo primero que vieron fue la cara de una mujer, que comprobó algo y luego miró a cámara. Era igual que Leo. Los mismos ojos, la misma boca, la misma nariz. La famosa tía Penélope.** Todas las cabezas se giraron hacia él, pero los ojos del chico no se apartaron de la pared ni un segundo. Ni siquiera parpadeaba. En la proyección, Penélope le daba la vuelta a la cámara y enfocaba a un equipo compuesto por tres mujeres y dos hombres. El grupo avanzaba por un túnel oscuro, iluminado por unas linternas. Pasados unos minutos, la oscuridad se llenó de relámpagos, iguales a los que ellos habían visto al entrar en Pangea. Después, interferencias.

El profesor Arén se puso rígido.

—¡Otro portal...!

Jonás volvió a pulsar los dos botones de la torre robótica. El proyector se apagó y la luz volvió al laboratorio. Luego se acercó a Leo y le apoyó una mano en el hombro:

—El vídeo es de hace tres meses, y se grabó en este mismo yacimiento. Es la última información que tenemos sobre tu tía.

—Eso, y un correo recibido hace tres semanas desde el centro de investigación del Colegio Iris —siguió la ingeniera—. Cinco muchachos que pedían refuerzos para entrar a otro mundo lleno de dinosaurios y otras locuras...

—¿Locuras? —protestó Carla, colocándose junto a Leo—. ¡No son locuras, es verdad! ¡No nos hemos inventado nada, ya habéis visto a Trasto! ¡El profesor casi muere, y la tía de Leo sigue atrapada ahí dentro!

El explorador levantó las manos en son de paz.

—Tranquila. No creemos que sean locuras.

—En absoluto —dijo la ingeniera, pulsando otro botón en la torre robótica.

Sin hacer ningún ruido, la única pared del laboratorio que antes no era transparente empezó a abrirse como una compuerta. Mientras iba desapareciendo en el techo, los cinco amigos se levantaron de sus asientos, impresionados. Al otro lado había una larga sala de dos niveles de altura. La pared que tenían enfrente estaba llena de pequeños recintos de metacri-

lato. El nerviosismo que los acompañaba desde que habían entrado en el centro creció. Porque, dentro de los recintos...

—¡¿Tenéis dinosaurios?! —exclamaron a la vez, corriendo hacia la sala.

En la primera jaula daban vueltas unos pequeños raptores. Tenían la cabeza y los brazos cubiertos de plumas negras que brillaban con un reflejo metálico.

—Microraptores —susurró Elena, alucinada.

Las criaturas le devolvieron la mirada y se quedaron quietas a su lado.

—Fueron los primeros que capturamos —dijo Jonás, extrañado por el comportamiento de los microraptores—. Uno de ellos traía la cámara de Penélope enganchada en una zarpa. Por eso tenemos la grabación. Al principio pensamos que era una especie desconocida de ave...

—Hasta que salieron más cosas del yacimiento —completó Vega.

La ingeniera señaló el recinto que había al lado del primero. Una criatura de unos setenta centímetros de alto, parecida a un microrraptor pero más alargada, daba vueltas en círculo. En lugar de plumas, tenía la piel cubierta de algo parecido al pelaje de un perro.

—¿Qué es? —preguntó Dani—. ¿También es carnívoro?

—Un compsognathus —asintió Leo—. Un carnívoro pariente de las primeras aves.

—¿Y esos pequeñines, qué son? —quiso saber Carla, señalando un recinto en el que había una pareja de crías de pterosaurio. Aunque eran muy pequeñas, tenían un hocico amenazador lleno de dientes y teñido con unas vistosas manchas.

—Tienen unos colores preciosos, ¿verdad? —comentó Vega. Se acercó más a la jaula y leyó un pequeño cartel—. Dimorphodones.

—Sí, y esta de aquí es una cría de edmontonia —dijo Leo, pegando la nariz a un cristal. Detrás, una pequeña criatura escamosa, con la piel llena de pinchos sobre la espalda acorazada, se encogió en una bolita.

—¡Trasto!

Lucas se acercó corriendo a una de las jaulas. La cría de tricerátops estaba allí, golpeando el metacrilato con los cuernos para intentar salir.

—¡Sacadlo de ahí, por favor! ¡Es muy pequeño, está asustado!

El pequeño inventor se llevó la mano al diente, oculto bajo el polo de Zoic.

El profesor Arén se levantó del taburete como si quemara. La presencia de dinosaurios vivos no le había impresionado, pero el gesto de Lucas le puso nervioso. Se acercó a él mucho más deprisa de lo normal para una persona herida. O para cualquier persona, en realidad.

—Eso no puedes saberlo —gruñó con voz ronca.

Leo recordó su miedo a dar demasiada información sobre los dientes.

—No, es verdad, no podemos saberlo —intervino, mirando a Lucas y apartándole la mano del amuleto con delicadeza.

Jonás frunció el ceño, pero cambió rápidamente de tema.

—Sabemos muy pocas cosas de estas criaturas —admitió—. De hecho, yo no estoy de acuerdo con tenerlas aquí encerradas. En cuanto hayamos recogido muestras suficientes, las devolveremos a su mundo.

—¿A todas? —preguntó Lucas, con tristeza.

—A todas —respondió Jonás. Ahora parecía dirigirse a la ingeniera—. Este no es su lugar, aquí están extintos. Debemos devolverlos a su hábitat.

—Pero la información que podamos obtener de ellos es más valiosa que sus vidas... —opinó Vega, dando golpecitos al cristal de la jaula de los dimorphodones.

—O podría poner en riesgo la nuestra —rebatió Jonás—. Podrían traer consigo alguna enfermedad mesozoica que no sepamos curar, o...

—¿Y devolverlos allí es seguro? Porque a lo mejor nosotros les hemos pegado alguna enfermedad a ellos —probó Lucas, esperanzado—. Quizá podríamos guardarlos aquí, hacer una especie de zoo. Yo cuidaría a Trasto y...

—Nuestras instalaciones no están preparadas —declaró Jonás—. Ni las nuestras, ni las de nadie. ¿Un zoológico de dinosaurios? ¡Menuda locura!

—Seguramente no es la primera vez que los dinosaurios cruzan a nuestro mundo desde Pangea —dijo Leo—. Hemos encontrado dos portales, pero podría haber más. El monstruo del lago Ness podría ser un plesiosaurio, y el mokele-mbembé, un saurópodo que entró por algún portal en África.

—Nos ocuparemos de eso cuando llegue el momento. Nuestra misión ahora no es investigar leyendas, sino conservar nuestro mundo —zanjó Jonás, con una voz que no admitía discusión. Señaló las jaulas—. Y para eso hay que devolverlos a ellos al suyo.

—Y ahí entramos nosotros. —La voz de Dani retumbó en la sala.

—Necesitamos vuestra ayuda —asintió la ingeniera.

—¡Ja! Primero nos secuestráis, ¿y ahora queréis nuestra ayuda? —rezongó Elena.

—Nosotros tenemos los conocimientos y los medios técnicos para explorar ese otro mundo —dijo Vega, señalando sus robots—. Pero vosotros habéis estado allí.

Los cinco amigos tragaron saliva, confusos.

Jonás dio un paso adelante.

—Mi equipo ha asegurado un pequeño perímetro alrededor de la salida del portal —explicó—. Necesitamos recoger muestras sobre el terreno, explorarlo y entender a qué peligros nos enfrentamos. Y, por supuesto, encontrar el rastro de Penélope.

Leo abrió mucho los ojos.

—¿Vais a rescatar a mi tía?

—Sí —aseguró el explorador—. Necesitamos toda la información que podáis...

—En realidad —lo interrumpió la ingeniera—, sería mejor que acompañaran a la expedición.

Instintivamente, los cinco amigos se llevaron la mano al pecho. Sus amuletos vibraban. Sabían que era peligroso, pero una parte de ellos deseaba con todas sus fuerzas regresar a Pangea.

—¿Queréis que volvamos a entrar? —Carla se puso pálida—. Pero...

—No, Vega —Jonás se cruzó de brazos—. Es muy arriesgado. Me niego a ponerlos en peligro otra vez. Bastará con que nos cuenten lo que han visto.

—Sería mejor que acompañaran a la expedición —repitió ella—. Osvaldo apenas recuerda nada de ese lugar. Ellos podrían dar datos muy valiosos sobre el terreno. Además, parecen... —La pequeña araña robótica se subió a su hombro y le ofreció el dispositivo que le había quitado a Lucas en el helicóptero—, capaces.

El explorador se giró hacia el profesor, buscando un aliado.

—Arén, por favor, dile que es una locura.

Osvaldo Arén se llevó las manos a la cabeza. Le dolía muchísimo. A una parte de él le espantaba la idea de arriesgar la vida de sus alumnos, apenas unos niños. La otra, la que no dejaba de sisearle al oído palabras envenenadas, vio la oportunidad que esperaba.

—Opino lo mismo que Vega —respondió, con voz ronca.

Jonás contrajo la cara en una mueca de ira.

—No.

Los cinco amigos se miraron entre sí, confusos, y luego al profesor Arén. Osvaldo tembló un poco. Entonces se incorporó, miró a Leo y la voz ronca dijo:

—Podría ser la última oportunidad de encontrar a Penélope.

Leo no tuvo que pensar nada más.

—Iré. Os ayudaré en lo que pueda.

—¡Y nosotros también vamos! —aseguraron sus amigos, rodeándole.

Jonás apretó los puños, enfadado.

La ingeniera levantó la barbilla, contenta de haberse salido con la suya.

Y, con los ojos ocultos tras la oscuridad de sus gafas, Osvaldo Arén sonrió.

Nadie lo vio, pero los dientes que asomaban bajo sus labios eran afilados.

Capítulo 5

VUELTA A PANGEA

La cúpula estaba llena de gente. Un equipo de catorce personas entre hombres, mujeres y niños, todos vestidos con uniformes de Zoic, se preparaba junto a las ruinas de piedra que rodeaban la entrada de la cueva.

—¿Son todos paleontólogos? —preguntó Elena.

—También hay biólogos, ingenieros y arqueólogos —respondió Jonás, ajustando el arnés de Trasto. Atarlo había sido su condición para dejar que el animal los acompañara. Le dio un golpecito en el lomo y le dijo a Lucas—: Vigila a tu mascota, chaval. No quiero problemas.

—No es mi mascota, es mi amigo —respondió él, cortante—. Ven, Trasto, voy a presentarte a Bibot.

Lucas enganchó una correa al arnés, activó las ruedas de sus deportivas y corrió con el tricerátops tras la pequeña araña robótica que había conocido el día anterior en el laboratorio.

—Cuidado: no es un juguete —le advirtió la ingeniera.

Vega Merón intentó parecer seria, pero le divertía el interés del chico en sus creaciones. Había cambiado bata y tacones por un uniforme idéntico al de los demás. Sin embargo, el suyo parecía mucho más elegante.

—¿Usted también viene? —preguntó Carla, fascinada.

—No suelo hacer visitas de campo —la ingeniera arrugó la nariz—, pero cuanto mejor conozca el terreno, mejor sabré adaptar mis robots de expediciones.

Mientras tanto, Leo y Dani examinaban la puerta de aquel yacimiento con el profesor Arén. Osvaldo se había bajado un poco las gafas de sol y estudiaba con interés los símbolos tallados en la piedra.

—Es igual que la del colegio —comentó Dani, rozando la espiral de piedra con sus dedazos.

Leo señaló un hueco en la piedra.

—Aquí fue donde Lucas metió su diente...

El profesor siseó como una serpiente al oír aquella palabra, y Leo y Dani se apartaron de la roca, asustados. Cuando se dieron la vuelta, Jonás estaba detrás.

—¿Preparado, Arén?

—Sí —contestó él con voz ronca—. Tan solo me preguntaba cómo consiguió Penélope abrir este mecanismo...

—Creemos que con algo que encontró en el yacimiento —dijo Jonás—. Lo que no comprendo es cómo se abrió el portal del colegio.

—Pues nosotros... —empezó a decir Elena.

—... lo encontramos abierto —se le adelantó Leo.

Elena lo miró, extrañada. Al ver la cara de preocupación de su amigo, decidió callarse. El profesor Arén se levantó y se alejó a toda prisa del explorador. Claramente, no quería estar cerca de él más tiempo del necesario.

Jonás se rascó la barba.

—¿Todo bien, chicos? —preguntó.

—Sí —respondió Leo—. Es que estamos nerviosos, nada más.

El explorador miró al profesor, los miró a ellos y volvió a rascarse la barba. Luego se encogió de hombros y echó a andar hacia el grupo de especialistas que esperaba junto al portal.

—Preparaos, vamos a entrar.

* * *

—¿Por qué has mentido? —le preguntó Elena a Leo mientras recorrían el túnel.

Él miró al suelo, avergonzado.

—¿Es por los dientes? —adivinó Dani.

—Sí —susurró él—. No conocemos a estas personas, ni sabemos cómo reaccionarían si descubrieran... lo que hacen los amuletos.

—Nos encerrarían, igual que a Trasto —aventuró Lucas, acercándose al tricerátops.

—A mí no me meten en una jaula —dijo Carla.

—Pero el profesor Arén lo sabe —señaló Elena.

—Aldo no dirá nada. Él nos protegerá, pero tenemos que guardar el secreto —aseguró Leo. Puso cara de preocupación—: Quizá sería mejor que os quedarais aquí. Es mi tía, vosotros no tenéis por qué arriesgaros. Puedo guiarles yo.

—Estamos contigo, Leo —afirmó Dani—. Igual suena raro, pero yo quiero volver a Pangea. Lo necesito.

—A mí me pasa igual —coincidió Carla—. Es como si ese mundo loco me llamara.

—Sí —dijo Lucas—. A lo mejor así descubrimos más sobre los amuletos.

—Pero... —protestó Leo.

—Pero nada, frikisaurio —dijo Elena—. No hay más que hablar.

—Además, esta vez vamos protegidos —razonó Carla, mirando a la ingeniera—. Jonás ha dicho que la expedición será corta. Y siempre podemos contar con la ayuda de los dinosaurios.

—¡Jurásico Total! —susurró Lucas.

—¡Jurásico Total! —repitieron los demás, cubriendo su mano extendida.

A Leo le costaba acostumbrarse a tener amigos. Hasta entonces, nunca había tenido ninguno. Aunque seguía preocupado, no pudo evitar sonreír.

—¡No os quedéis atrás! —gritó la voz de Jonás.

Los cinco amigos se apresuraron a cruzar la oscuri~
dad. Hacia la mitad del túnel, los familiares relámpa~
gos los deslumbraron. Notaron un ligero mareo. Un
ruido fuerte. Y, de pronto, una sensación conocida.

Habían vuelto a Pangea.

Cuando se les acostumbraron los ojos a la claridad,
Leo vio al profesor Arén inclinado sobre la pared de la
cueva. Estaba examinando unas inscripciones iguales a las que habían visto en el templo de piedra. Seis
símbolos tallados: figuras humanas junto a las de
enormes saurópodos, cerápodos, tireóforos, terópodos, pterosaurios y plesiosaurios. Todas estaban ta-
chadas con arañazos en la roca, excepto la última
pareja.

—Espero que no os importe mojaros. —Jonás señaló
la cascada que ocultaba la salida de la cueva.

—He venido preparada —dijo Vega Merón.

La ingeniera se cubrió con una elegante capa impermeable. Carla corrió a su lado, y las dos cruzaron
la boca del túnel sin mojarse ni un pelo. Cuando el
resto de la expedición atravesó la cascada, hecha
una sopa, vieron que no estaban solas. Las acompañaban dos enormes robots esféricos, llenos de agujeros y patas afiladas que clavaban en el suelo.

—Dan un poco de mal rollo, ¿no? —opinó Elena.

—¡Molan muchísimo! —se entusiasmó Lucas, corriendo hacia ellos—. ¡Son como los hermanos mayores de Bibot!

—Ten cuidado: te aseguro que son mucho menos simpáticos —le advirtió la ingeniera, tecleando en una pequeña pantalla.

—¿Para qué sirven? —preguntó Carla.

—Protección —respondió Vega con una sonrisa misteriosa.

Dani miró los robots con desconfianza y se acercó a Jonás. El explorador organizó al grupo en una fila y se puso a la cabeza mientras los robots vigilaban el final. Después, guio a la compañía siguiendo el curso del río, que bajaba desde la cascada y de vez en cuando se acumulaba en pequeñas charcas. Los robots avanzaban de forma precisa y automática, pero Trasto resbalaba una y otra vez sobre las piedras húmedas. El profesor Arén pasó a su lado y, al intentar apartarse de él, la cría estuvo a punto de caer en una poza llena de agua.

—¡Trasto, ten cuidado! —dijo Lucas, tirando de la correa—. ¿Qué te pasa?

—Pues a mí esto no me parece otro mundo —comentó un ingeniero pelirrojo que llevaba una mochila llena de cables.

—No, parece un bosque de pinos sin más —dijo una arqueóloga morena a su lado, cargando con unas estructuras que parecían trípodes.

Leo quiso decirles que no eran pinos, sino araucarias, y que lo que pisaban no era hierba, sino equisetos. Pero un fuerte ruido, como si alguien sacudiera una lona, le ahorró las explicaciones.

Porque dos pterosaurios de un metro de largo, con una larga cola terminada en punta de lanza, planeaban sobre sus cabezas.

—Dimorphodones —comentó el profesor Arén cuando distinguió su amenazadora cabeza de lagarto.

La visión de los pterosaurios parecía haberle devuelto la energía. Se estiró, se quitó las gafas de sol y levantó la cara hacia el cielo. Los ojos verdes le brillaron con ilusión. Señaló los estilizados cuellos de un grupo de saurópodos que asomaban sobre las copas de los árboles.

—¡Guau! —dijo Dani—. ¡Son enormes!

—Casi cuarenta metros de largo y veinte de alto. De los más grandes de finales del Cretácico —confirmó el profesor Arén—. ¿Ves esas placas que tienen en el lomo, como si fueran púas? Son osteodermos, un rasgo típico de los titanosaurios.

—¿Tienen el esqueleto de titanio? —preguntó Lucas, interesado de repente en la idea de que existieran dinosaurios robóticos.

—No, claro que no —rio Leo—. Viene de la palabra «titán». Los titanosaurios tenían un sistema de bolsas de aire en el cuerpo que aligeraba muchísimo su esqueleto. Por eso podían ser tan grandes.

El profesor asintió con orgullo.

—¿Y eso? —preguntó Carla, señalando una manada de criaturas de unos cuatro metros de largo. Caminaban a dos patas, e iban apoyando las delanteras en el suelo.

—Rhabdodones —respondieron Aldo y Leo a la vez. Profesor y alumno compartieron una sonrisa. Leo añadió—: Y esos de ahí, más grandes y con pico de pato, ya los conoces, son hadrosaurios. Arenysaurios, seguramente.

—¡Sí! ¡Los que hacen lo de...! —Lucas se tapó la nariz y se tocó la coronilla para referirse a su llamada característica.

—Criaturas del Cretácico superior y criaturas del Jurásico, mezcladas entre sí —comentó el profesor Arén, asombrado—. Este mundo es increíble...

—Sí, increíble. Pero esto no es un paseo por el campo, Arén —le recordó Jonás, serio—. Estad alerta y memorizad el terreno. No podemos despistarnos.

El explorador se volvió hacia Dani, que iba dejando marcas en la corteza de los árboles con una navajita y le hizo un gesto de aprobación. El gigante se sonrojó.

—Bah —rezongó la ingeniera, tecleando algo en su pantalla—. Tenemos métodos mucho menos primitivos para orientarnos.

Con un ruido metálico, dos pequeñas cajas rectangulares se separaron del lomo de una de las arañas robóticas y subieron al cielo impulsadas por una hélice.

—¡Vuelan! —Carla estaba fascinada.

—Sí —dijo la ingeniera, orgullosa—. Son drones, y sirven para reconocer el terreno. Con ellos podremos dibujar un mapa en tres dimensiones de la zona.

—¡Qué guay! —Lucas abrió los ojos, mirando la pantalla.

—Sí, muy útiles, hasta que dejan de funcionar —dijo Jonás, cortando de un machetazo una rama con la que la ingeniera estaba a punto de chocar. Se señaló la sien—: Esto es lo único con lo que uno puede contar a la hora de la verdad.

Elena seguía al explorador de cerca. No quería reconocerlo, pero estaba tan alucinada con él como su hermano con los robots de la ingeniera. Cuando Jonás bajó de un salto de una poza a otra sin ayuda de cuerdas ni agarres, Elena lo imitó.

—Tienes que haber vivido muchas aventuras para que una jungla llena de lagartijas gigantes no te impresione —le chinchó.

—Me impresiona, pero mi trabajo es estar alerta. Cualquier error podría ser fatal —respondió él, serio—. En mi primera expedición, trabajé con la tía de Leo. Ella había conseguido una de las poquísimas becas de investigación de Zoic. Yo tenía que guiar a su equipo a una excavación en el desierto.

—¿Cuando fue a estudiar los osteodermos de los anquilosaurios? —preguntó Leo.

—Sí, justo: estaba investigando las placas que se les forman en la armadura a esos bichos —les contó Jonás—. Yo me alejé del grupo para estudiar el terreno, y me sorprendió una tormenta de arena. Pensaba que iba a morir pero, de repente, apareció Penélope. Traía pañuelos para taparnos la cara, dos pares de gafas y una cuerda. Se ató a mí y me llevó de vuelta al campamento. —Se giró hacia Leo—. Tu tía es una de las mujeres más inteligentes y fuertes que conozco. Yo no estaría aquí si no fuera por ella. Deberían ponerle su nombre a alguna especie.

—¿Penelopesaurio? —murmuró Carla—. No suena demasiado bien...

—¡Aléjate del agua, Carla! —le advirtió Jonás.

Carla saltó instintivamente y se subió a una piedra, alarmada.

—Vaya, qué ágil —se sorprendió el explorador—. No quería asustarte, pero los depredadores...

—... se esconden entre la vegetación y esperan a que los herbívoros se acerquen a beber —razonó Dani—. Allí es más fácil que te ataquen.

El explorador asintió.

—Impresionante —comentó la ingeniera.

—Gracias —dijo Dani, poniéndose rojo.

—Tú no. Esto.

A pesar de tener frente a ella un paisaje increíble lleno de criaturas imposibles, la mujer lo observaba todo a través de su pantalla.

—¿Qué pasa, Vega? —preguntó el profesor Arén.

La ingeniera señaló el mapa de líneas curvas que tenía delante.

—El relieve del terreno es muy parecido al del lugar del que venimos. Es como si estuviéramos en una réplica casi idéntica, más primitiva.

—Eso explicaría muchas cosas... —murmuró Leo.

—¿Qué cosas? —preguntó Vega, apartando la vista de la pantalla por primera vez.

Leo tragó saliva.

—Bueno, creo que Pangea es una especie de copia de nuestro mundo —explicó, tímido—. Y que los portales son puentes entre dos realidades paralelas.

Jonás y Vega dejaron de caminar y lo miraron con la boca abierta. Osvaldo apretó los labios, disgustado, y volvió a ponerse las gafas de sol. Leo temió haberse ido de la lengua otra vez.

—A lo mejor es una tontería... —se avergonzó.

No pudo saber qué opinaban los adultos porque, de repente, Jonás se puso tenso y les hizo un gesto para que se escondieran entre los árboles.

—He oído algo... —dijo en un susurro.

Leo no solo lo oyó, también lo sintió. Una manada de anquilosaurios se acercaba al río. No eran demasiado grandes, debían de medir un metro de alto y no llegaban a tres de largo, pero eran corpulentos. Una armadura de placas planas de hueso les cubría el lomo, y de sus cuellos brotaba una hilera de púas muy anchas que se hacían más finas hacia el lomo.

Curiosa, una cría se acercó a saludar a Leo.

—Un struthiosaurio... —murmuró Osvaldo a su lado, acercando la mano para rozarle la cabeza.

Al ver al profesor, la cría pareció asustarse. Mientras ella retrocedía, aterrorizada, uno de los adultos se acercó y agitó peligrosamente la cola frente a ellos.

—¡Cuidado! —gritó Carla, al ver que el struthiosaurio daba un latigazo.

Por suerte, el profesor ya no estaba allí. Jonás se había arrojado sobre él para ponerlo a salvo. El explorador intentó agarrar también a Leo, pero el chico se escabulló. Metió una mano disimuladamente bajo la camiseta, activó el diente y se puso delante del dinosaurio.

—Shhh... —susurró—. Tranquilo.

El animal no se calmaba. Miraba a Leo, miraba al profesor y volvía a agitar la cola. Elena se puso tensa y se llevó la mano a su amuleto, pero Dani se lo impidió.

—No debemos mostrar nuestros poderes —susurró—. Leo puede con esto.

—No lo parece —gruñó ella, entre dientes.

Efectivamente, Leo parecía tener problemas. La atención del dinosaurio estaba fija en él, pero no conseguía controlarlo. Los otros miembros de la manada se unieron a él. Alarmada, Vega tecleó algo en su tablet, y las arañas robóticas se acercaron a los dinosaurios con las patas levantadas como lanzas.

—¡No les hagas daño! —gruñó Leo.

Le costaba pensar y hablar. El poder del diente volvía a ser débil. Tuvo que concentrarse con todas sus fuerzas para que, por fin, el struthiosaurio se calmara y retrocediera.

La manada dedicó un último vistazo a la tembloro-sa expedición y se perdió en el bosque mientras Leo apagaba el diente y caía de rodillas al suelo. Sus amigos y Jonás corrieron a ayudarle.

—Vaya narices que tienes, chaval. —El explorador examinó a Leo, preocupado—. Lo que acabas de hacer es muy peligroso.

Antes de que pudieran recuperar el aliento, uno de los robots se giró hacia la jungla con un chirrido. Sin esperar al resto de la expedición, se internó entre los árboles, triturando los equisetos con sus afiladas patas.

—Dile a ese cacharro que vuelva —dijo Jonás.

—No —respondió Vega, tajante—. Ha detectado una señal.

—¿Una señal? —preguntó Osvaldo con voz ronca.

—Es uno de los robots de la expedición de Penélope —aclaró Vega—. Tenemos que recuperarlo.

* * *

Hacía muchos kilómetros que Kahyla no sentía ninguna presencia. En el desierto, después de que el espinosaurio huyera, estar sola le había parecido tranquilizador.

Pero no sentir nada en aquel bosque no era buena señal.

Se temía lo peor, aunque no se dio cuenta de lo terrible que era la situación hasta que llegó a la cueva. O lo que quedaba de ella, más bien. Frente a la entrada derrumbada, una bandada de carroñeros emplumados estaba dándose un banquete de cadáveres. Por el olor, debían de llevar allí el mismo tiempo que duraba el viaje de Kahyla. Rebuscaban bajo la montaña de piedra caída, y arrancaban la carne podrida que encontraban con las tres garras de sus manos.

—¡Largo de aquí! —les gritó a los compsognathus—. ¡No respetáis nada! ¡Este lugar es sagrado!

Kahyla no debería haber sentido pena por los siervos de los rajkavvi caídos en combate, pero lo hizo. Eran muchos, y habían tenido una muerte horrible. No era culpa suya que sus amos se hubieran corrompido.

El peso de tanto dolor la hizo caer de rodillas. Se tapó la cara con las manos y se echó a llorar.

—Otra vez no...

Nombre científico: *Compsognathus longipes*

Grupo: terópodo, compsognátido

Cuándo vivió: hace 150 millones de años, Jurásico superior

Dónde vivió: Europa

Alimentación: carnívoro

Tamaño: 1 metro de largo

Se han encontrado dos ejemplares bastante completos en Alemania y Francia. Su mandíbula era muy delgada, y sus dientes pequeños y afilados. Fósiles excepcionales de parientes suyos sugieren que estaba cubierto de plumas primitivas parecidas a pelusilla.

Otra info:

Su cráneo era muy ligero.

Sus pies de tres dedos delgados dejarían huellas parecidas a las de los pájaros.

Capítulo 6

SIGUIENDO EL RASTRO

La señal que el robot de la ingeniera Merón había captado estaba más lejos de lo que parecía. Jonás insistía en volver: alejarse tanto del perímetro de seguridad era arriesgado. Pero Pangea era demasiado alucinante como para dar media vuelta sin más. Los biólogos, por ejemplo, tomaban muestras botánicas como si fueran pepitas de oro.

—¡Recoge esos conos! —dijo uno, y señaló una especie de piñas bajo una secuoya.

—Fantástico —se alegró otra—. Así podremos comparar el registro fósil.

—¿Y eso para qué sirve? —quiso saber Dani.

—Para saber de qué época son —respondió la bióloga.

—Pero ¿las plantas dejan fósiles? —preguntó Elena. Le costaba imaginar que las suaves hojas de los helechos pudieran convertirse en piedra.

—Sí, mira. —Jonás se abrió paso con su machete y dejó a la vista un riachuelo. Recogió unas algas verdes de la orilla y se las tendió a Elena—: Esto son carófitas. Sus células reproductoras se vuelven sólidas, y fosilizan con facilidad.

—¡Están blandas, parecen mocos! —A Elena le fascinaron. Apretó un montón de algas en una bola viscosa y puso una mueca traviesa—. ¡Ven, pija! ¡Que te voy a enseñar las carófitas!

—¡Puaj! —gritó Carla, poniéndose a salvo—. ¡No te acerques a mí!

Por su parte, Leo y Osvaldo observaban atentamente a las paleontólogas, que también se lo pasaban en grande.

—¡Sacad fotos de esas huellas! —dijo una chica, señalando las pisadas que la manada de struthiosaurios había dejado en el barro.

Su compañera levantó la cámara y enfocó aquellos surcos redondeados, con dos dedos muy hundidos. Cerca, en una zona de barro más reseca, había otras huellas con tres dedos. Tan claras que podían verse incluso las marcas de las garras.

Aldo se quitó las gafas de sol y se agachó con dificultad para examinarlas.

—Por la forma y el tamaño, yo diría que son de un abelisáurido. Podrían ser de un abelisaurus, o tal vez de un carnotaurus, un carnívoro de la misma especie que...

—Un carnívoro —Jonás no le dejó seguir. Le bastaba con saber que era peligroso—: Damos media vuelta, Vega.

—No —protestó la ingeniera.

—Has dicho que la señal estaba cerca, y ya hemos recorrido cinco kilómetros. No hay rastro del robot, y yo no voy a arriesgar la vida de esta gente para encontrarlo.

—No es solo un robot —rebatió ella.

—Podría llevarnos a Penélope y su equipo —añadió el profesor Arén.

Estaba de pie, volvía a llevar las gafas puestas y hablaba con voz ronca.

La mano de Lucas tiró de la manga de la ingeniera. Cuando ella volvió la vista, el chico y el tricerátops, sentado sobre las patas traseras como un perrito, la miraron con ojos suplicantes. Lucas señaló la pantalla.

—¿Me prestaría eso un momento?

El pequeño inventor cogió el aparato que le tendía la ingeniera, se subió las gafas por la nariz y empezó a teclear con cara de concentración. Un minuto después, le dio la vuelta a la pantalla, orgulloso.

—He fijado la posición del robot en el mapa que han dibujado los drones. —Señaló los pequeños robots que volaban en el cielo—. Está a dos kilómetros de aquí.

—Es tarde —replicó Jonás—. No quiero que se nos haga de noche.

—Por favor, señor Bastús —pidió Leo—. Usted es amigo de mi tía. Ayúdeme a encontrarla.

Jonás miró al cielo y se rascó la barba. Luego cerró los puños y apretó los labios.

—No es una buena idea —dijo, al fin.

El explorador hizo un gesto con el brazo y echó a andar hacia el lugar marcado en el mapa. Los biólogos dejaron de tomar muestras.

Los paleontólogos dejaron de sacar fotos. Los ingenieros dejaron el mantenimiento de los robots.

Mientras todos seguían a Jonás hacia la selva, Leo apretó su amuleto y deseó con todas sus fuerzas que su tía estuviera viva.

* * *

Caminaron durante una hora, y Jonás y Vega se pasaron los sesenta minutos enteros discutiendo. La luz del sol cada vez era más débil, y eso preocupaba al explorador. Pero la señal cada vez estaba más cerca, y eso animaba a la ingeniera. La expedición siguió avanzando, atravesó una franja de helechos gigantes y llegó a una zona más baja.

De repente, los robots empezaron a pitar como locos y salieron disparados hacia una especie de cueva medio oculta por la maleza.

—¡Ahí! —exclamó Vega.

—¡Apágalos! —se enfadó Jonás—. ¡No podemos hacer ruido! ¡Podría haber depredadores acechando!

Sin hacerle caso, la ingeniera echó a correr tras las máquinas y se arrodilló junto a unos helechos. Allí la esperaban los restos de un robot de expediciones igual que los que los cinco amigos habían visto en el colegio. Estaba mordisqueado y totalmente destrozado, pero a Vega no le importó. Conectó los restos a una de las arañas robóticas y, segundos después, en el aire se proyectó un holograma.

Jonás y Leo aguantaron la respiración, mirando la imagen entrecortada como si fuera un fantasma.

—Penélope... —susurró el profesor Arén.

Vega no pudo recuperar el sonido, pero no hizo falta: Penélope estaba en primer plano, hablando a la cámara junto a una gran pirámide de piedra que parecía encontrarse en el centro de una ciudad en ruinas. Su equipo recogía muestras y colocaba andamios

alrededor de la construcción para examinarla. Aquella pirámide se parecía mucho a...

—¡El templo! —Los cinco amigos se miraron.

El profesor Arén siseó, molesto.

—¿El templo? —preguntó Vega—. ¿Conocéis ese lugar?

—No parece el mismo —razonó Lucas—. Pero la otra vez que estuvimos aquí vimos uno muy parecido.

—¡Sí! —coincidió Carla—. Era una pirámide llena de estatuas... y escaleras. Pero no había ninguna ciudad alrededor.

—Allí encontramos un mensaje de mi tía —dijo Leo—. «El futuro no está perdido si hay un norte al que mirar.»

—¿Penélope os dejó una indicación? —preguntó Jonás, esperanzado—. ¿Sabríais llegar hasta allí?

—Sí, creo que sí —reconoció Dani—. Ese templo estaba cerca del portal del colegio. Si el mapa que han dibujado los robots se corresponde con nuestro mundo, creo que sabría situarlo, más o menos.

—Perfecto. Una vez allí, solo habrá que dirigirse al norte —respondió el explorador. Y luego añadió—: Es hora de volver a casa.

—¿Qué? —exclamó Leo, sorprendido—. ¡No!

—Sí. Esta no es una expedición de rescate, Leo, sino de reconocimiento. Nos habéis ayudado mucho, pero vuestra misión aquí ha terminado. Ahora hay que reagruparse y pensar en cómo encontrar a tu tía.

—¡Para entonces podría estar muerta! —A Leo se le llenaron los ojos de lágrimas.

—Mira. —Jonás se arrodilló frente a él y le agarró por los hombros—: Sé que estás preocupado. Pero no podemos cruzar este mundo desconocido con los medios que tenemos aquí. Tu tía nunca permitiría que toda una expedición se pusiera en peligro para salvarla. Tenemos que ser prudentes.

—¡Ella se arriesgó por TI! —ladró Leo—. ¡Y tú vas a abandonarla, como todos!

Jonás torció el gesto y agachó la cabeza. Las palabras de Leo le habían dolido, pero no lo dijo. Se levantó con un suspiro, y se puso a organizar al resto de la expedición mientras los más jóvenes corrían a tranquilizar a su amigo. Esta vez, ni el profesor Arén ni la ingeniera Merón se atrevieron a llevarle la contraria al explorador. En la mirada de Carla, Lucas y Dani, Leo vio que también pensaban que Jonás tenía razón.

Pero en la de Elena vio algo que no supo interpretar.

—Carnívoros —anunció ella en voz baja—. Están aquí. Puedo sentirlos.

Alarmado, Leo miró a su alrededor, pero no vio ningún depredador. Cuando bajó la vista al suelo, se dio cuenta de que el terreno que pisaban era irregular. Unos pequeños montones de tierra, parecidos a hormigueros, se levantaban entre los helechos. Al principio pensó que las plantas crecían sin ton ni son, pero al mirar otra vez se dio cuenta de que ocultaban las montañitas de arena con cuidado.

Un escalofrío le recorrió la espalda. Se agachó y empezó a escarbar en una de ellas. Lucas y Carla no sabían qué estaba haciendo, pero le ayudaron de todas formas. En cuestión de minutos, desenterraron varios huevos alargados y rugosos, de unos veinte centímetros de largo, que estaban colocados en círculo bajo cada pequeña colina de arena.

—Un nido... —susurró el profesor Arén.

—Decidme que son de algún bicho vegetariano e inofensivo —pidió Carla con voz temblorosa.

—Qué va.

Elena levantó la cabeza y miró a la criatura que acababa de salir de la maleza. La había sentido un segundo demasiado tarde, pero ahí estaba. El carnívoro se acercó caminando con pasos elegantes, meneando la cola como un pájaro. Tenía una enorme cabeza cornuda, dos brazos diminutos pegados al cuerpo y respiraba con pesadez. Medía al menos tres metros de alto y ocho de largo. Gruñía sin abrir la boca. Parecía hambriento.

—Un carnotauro... —murmuró Leo, sin aire.

Pero Jonás actuó con rapidez.

—¡En círculo! —ordenó—. ¡Ya!

Los miembros de la expedición se reunieron alrededor de las dos arañas robóticas mientras la ingeniera tecleaba a toda velocidad en su pantalla. De los agujeros que había en el cuerpo de las máquinas salieron varios cañones aturdidores que apuntaron directamente a la criatura.

El carnotauro iba a lanzarse sobre ellos cuando de la jungla salió un segundo depredador. Debía de ser la madre de los huevos, la abelisaurio cuyas huellas había identificado el profesor Arén horas antes. Medía un par de metros de largo menos que el carnotauro y era más baja y compacta. Pero también era más rápida, y estaba dispuesta a lo que fuera para proteger sus huevos, de los que no apartaba la vista.

La hembra rugió y se abalanzó sobre el cuello del carnotauro, que desvió la atención de la expedición.

—¡Están distraídos! —gritó Jonás—. ¡Soltadlo todo! ¡Corred a la jungla!

Aunque la pelea entre los carnívoros les había dado una pequeña ventaja, los dinosaurios dejaron de luchar en cuanto los vieron huir. La hembra dio una zancada y alcanzó a la pareja de biólogos. En vez de hacer caso a Jonás, los investigadores estaban intentando salvar sus muestras. La abelisaurio abrió las fauces. El biólogo cerró los ojos. Su compañera intentó apartarle de los dientes de la hembra, pero al hacerlo se convirtió en una presa perfecta para el carnotauro. Ni siquiera tuvieron tiempo de pedir socorro.

El resto de la expedición echó a correr, aterrorizada. Vega Merón hizo que sus robots abrieran fuego. No podía correr y controlarlos a la vez, así que las máquinas disparaban a ciegas. Uno de los rayos aturdidores alcanzó al grupo de paleontólogas, que cayeron inconscientes. La abelisaurio les pasó por encima, aplastándolas fatalmente mientras perseguía a Jonás. El explorador corría el último, intentando que nadie se quedara atrás. Preocupado por la hembra de abelisaurio, no se dio cuenta de que la cabeza cornuda del carnotauro bajaba en picado hacia él.

Elena no lo pensó dos veces. Derrapó y corrió a ayudar al explorador.

—¡Elena, no! —gritó Dani cuando se dio cuenta de lo que pretendía.

Pero Elena ya no era Elena. El diente de piedra brillaba rojo en su pecho, y ella se había convertido en una domadora de terópodos.

—¡RAWWWRRRR!

El rugido hizo que los dos carnívoros se quedaran paralizados.

—Pero ¿qué...? —balbució Jonás, sin entender lo que veía.

—¡Deja de hacer preguntas y lárgate! —le gritó Elena.

No se dio cuenta de que su diente se había apagado de repente. El carnotauro y la abelisaurio volvieron en sí y se abalanzaron a la vez sobre ella.

—¡NO TOQUÉIS A MI HERMANA!

Mientras Trasto corría a proteger al explorador, Lucas saltó por encima de Elena. A la luz amarilla de su diente, Jonás vio que al chico se le había reforzado la frente con el duro hueso de un paquicefalosaurio.

Lucas cargó contra el morro del carnotauro y lo dejó aturdido. Dani aprovechó la confusión para empujar un árbol, que cayó frente a la abelisaurio. En su pecho brillaba una luz verde. Leo saltó sobre el tronco caído y, bajo un resplandor naranja, golpeó a la depredadora con los puños, duros como mazas. Cuando la hembra cayó derribada, Carla ya había puesto a Elena a salvo en la rama de una secuoya.

La luz morada de su amuleto iluminaba su rostro. Debajo, Jonás había conseguido resguardar al profesor Arén, Vega y Trasto tras el tronco del árbol.

No había más supervivientes en la expedición.

El carnotauro y la abelisaurio volvieron a ponerse en pie.

—¡Voy a por los niños! —gritó el explorador.

—No hace falta —dijo Vega, recuperando el control de su pantalla.

Y, con ella, de sus robots. Los cañones empezaron a disparar ondas de choque hacia los carnívoros, que salieron despedidos a varios metros de distancia.

—¡Cuidado! ¡Los niños! —advirtió Osvaldo, viendo que Dani, Lucas y Leo corrían hacia el árbol esquivando las descargas. Luego susurró—: Losss dientesss.

Vega no razonaba. Tecleaba con furia en la pantalla mientras sus robots se ensañaban con los dinosaurios. La mujer sonreía, como si disfrutara haciéndoles daño.

La fuerza de las descargas eléctricas sacudía a los carnívoros. Preocupada por sus huevos, la abelisaurio intentó proteger el nido, y los cañones aturdidores se concentraron en ella. El carnotauro miró hacia la secuoya donde se refugiaban los supervivientes. No se había dado cuenta hasta entonces, pero ahora vio que los ojos del adulto eran como los suyos.

Pupilas alargadas.

Como las de un reptil.

Cuando comprendió quién era ese hombre, el carnotauro dio media vuelta y echó a correr hacia la maleza. Porque ahora tenía otra misión.

Elena lo oyó marchar. Su diente había recuperado la conexión con los animales y amplificaba los rugidos de la abelisaurio en su cabeza. De repente, todo se volvió negro. Se desmayó de dolor en el regazo de Carla justo cuando el sol desaparecía en el horizonte.

Nombre científico: *Abelisaurus comahuensis*

Grupo: terópodo, abelisaurio

Cuándo vivió: hace 83 millones de años, Cretácico superior

Dónde vivió: Patagonia argentina, Sudamérica

Alimentación: carnívoro

Tamaño: 10 metros de largo

Solo se conoce un cráneo parcial, de manera que el resto del esqueleto se ha reconstruido a partir de otros abelisaurios. Sus restos se encontraron en las orillas del lago Pellegrini, en la Patagonia.

Gracias a otros abelisaurios sabemos que eran terópodos con cráneo chato y bracitos muy pequeños.

Otra info:

Dientes afilados y fuertes.

Capítulo 7

LA CIUDAD PERDIDA

Elena tardó un rato en darse cuenta de que aquello no era un sueño. Descansaba sobre una red suspendida entre las ramas de una gigantesca secuoya, envuelta en una manta térmica. Notaba cerca el cuerpo de su hermano, que dormía abrazado a ella, y los cuernecitos de Trasto clavados en una pierna. Se incorporó con cuidado para que la red no rebotara y adivinó los bultos de Carla, Dani y Leo desperdigados por aquel improvisado refugio en las alturas.

El sol empezaba a asomar sobre las copas de los árboles y las criaturas de la jungla se iban despertando. Aunque, por los murmullos que Elena escuchaba, algunas habían pasado toda la noche despiertas.

—Tenías que habernos hablado de... las habilidades de los chavales, Arén —escuchó que susurraba la voz de Jonás.

—Sí —lo apoyó la ingeniera—. Deberíamos haberlos examinado en el laboratorio.

Elena se retorció de dolor. Aquella mujer se había ensañado con los dinosaurios que los habían atacado. Los terópodos no eran animales malvados, simplemente cumplían su papel en la naturaleza: eran depredadores. La hembra de abelisaurio protegía sus huevos. El carnotauro buscaba comida y defendía su territorio.

Elena miró entre los agujeros de la red. No había rastro del carnotauro, pero distinguió varias siluetas en el suelo. La de la abelisaurio, y la de los cascarones rotos junto a ella. Las de los miembros de la expedición caídos. Las de los pequeños carroñeros emplumados que se alimentaban de los cuerpos. Las de las arañas robóticas que intentaban ahuyentarlos, sin éxito.

A Elena se le llenó el pecho de angustia. Y los ojos de lágrimas.

—¿Examinar qué, Vega? —dijo el profesor Arén—. ¿Los amuletos, o a los niños?

Vega calló y Jonás tomó la palabra.

—De haberlo sabido, nunca habría permitido que entraran aquí —dijo el explorador, serio—. Han corrido un peligro innecesario. La sangre de los cadáveres atraerá más depredadores. No sé si podremos volver.

—Podríamos pedir refuerzos a Zoic —sugirió el profesor Arén.

—Ya lo he intentado —respondió Vega—. La señal no llega hasta el centro de mando. Los árboles interfieren con la comunicación. Tendríamos que retroceder varios kilómetros.

—O encontrar un lugar más alto —sugirió Osvaldo.

—Buscaremos una colina, entonces —resolvió Jonás—. Bajaremos del árbol, enterraremos los restos de nuestros compañeros y...

—¿Quieres que perdamos tiempo en enterrar a...? —preguntó la ingeniera.

—Lo haremos por decencia —la interrumpió el explorador—. Y por precaución. Cuantas menos pistas dejemos para los carroñeros y los depredadores, mejor.

—Bastús tiene razón —dijo Aldo—. Además, así los niños podrían...

Pero Jonás no le dejó terminar.

—No. No pienso volver a ponerlos en peligro. Les subiremos agua y provisiones, pero los niños se quedan en el árbol.

—Sabemos defendernos solos —exclamó Elena, incapaz de seguir callada.

—¿Defendernos de qué? —murmuró Carla.

Aún medio dormida, dio un salto en la red y se encaramó a una rama más alta con un aleteo de sus membranas. Los adultos se quedaron con la boca abierta.

—¿Cómo has hecho eso? —preguntó la ingeniera.

—No sabemos exactamente cómo funcionan los dientes —se apresuró a explicar Leo, frotándose los ojos de sueño. Notaba que el profesor Arén tenía los ojos clavados en él.

—Deberíamos apagarlos —bostezó Dani al ver que encenderlos era lo primero que habían hecho sus amigos al despertarse—. Podríamos atraer más dinosaurios. Y eso ahora mismo no nos conviene.

—¿Atraer más dinosaurios? —se alarmó Jonás.

—Sí, pero parece que ya no tienen batería —dijo Lucas. Se peinó el flequillo con los dedos y liberó las patas de Trasto, que se había enganchado en los agujeros de la red—. Últimamente no dejan de fallar. Primero el de Leo, luego el de Elena... No sé si son muy fiables.

Su hermana gruñó en voz baja, pero desactivó su amuleto. Dani, Lucas y Leo la imitaron. La única que no apagó la luz morada de su diente fue Carla, que tenía la mirada fija en el horizonte y parecía distraída.

—¿Carla? —Lucas sonaba preocupado—. ¿Estás bien?

Jonás cogió unos prismáticos y apuntó con ellos hacia donde miraba la chica voladora.

—¿Usted también las ve? —preguntó ella, bajando de la rama de un salto.

—Sí —contestó Jonás, enfocando los prismáticos—: Ruinas. Parecidas a las que había en la grabación de Penélope.

—Son bastante altas —observó el profesor Arén cuando el explorador le pasó los prismáticos—. Quizá desde allí podamos comunicarnos con Zoic.

—Iremos allí —decidió el explorador—. Es nuestra mejor opción.

—¿Todos? —preguntó Elena.

Jonás se rascó la barba antes de contestar.

—Sí. Todos.

* * *

La ingeniera Merón ordenó a uno de los robots subir a lo alto de la secuoya mientras el otro montaba guardia. La araña metálica trepó clavando sus garfios en la corteza del árbol. Una vez arriba, lanzó un cable para que los supervivientes de la expedición pudieran descolgarse hasta el suelo.

—¡¡¡Guauuu!!! —exclamó Lucas—. ¡Trasto y yo bajamos primero!

—Muy ingenioso, Vega —reconoció el explorador, poniéndose unos guantes para no quemarse las manos con el cable.

Mientras Jonás bajaba a su hermano y al tricerátops, Elena se giró hacia Carla.

—¿Puedo bajar contigo, pija? —susurró. No quería que nadie la oyera pedir ayuda.

—¿Por? —se extrañó su amiga—. ¡Si el invento de Vega mola muchísimo!

Elena no dijo nada, pero miró al suelo. Carla siguió su mirada y sus ojos encontraron las tumbas que el explorador y el profesor Arén habían cavado. Y también el cadáver de la abelisaurio. Entonces lo entendió todo. Sabía muy bien cómo era estar dolida y que el orgullo no te dejara reconocerlo. Sin decir nada, activó su diente y bajó volando del árbol con Elena.

Una vez en el suelo, la ingeniera programó sus robots en modo patrulla de reconocimiento. Las máquinas escanearon la zona en busca de amenazas.

—Despejado —dijo Vega.

—Dani, ven conmigo —pidió Jonás, poniéndose a la cabeza—. Necesitaré toda la ayuda posible de otro explorador experimentado.

Orgullosísimo, Dani dejó su puesto junto a Lucas y trotó hacia el principio de la fila. Detrás de él, Leo iba encorvado, como si cargara un peso enorme en vez de una mochila con agua y comida.

—¿Estás bien? —preguntó Carla, aunque no le dio tiempo a contestar—. Bueno, qué pregunta más tonta. Cómo vas a estar bien.

—Ha muerto gente por mi culpa —murmuró Leo, clavando los ojos en el suelo—. Porque me he empeñado en rescatar a mi tía, que seguramente también esté...

—No —le frenó Carla—. No digas eso. Por lo que cuentan Jonás y Vega, si alguien puede sobrevivir en este mundo loco, esa es tu tía Penélope. Ten confianza, Leo. No estás solo.

—Gracias —dijo Leo, con la voz húmeda. No quería llorar delante de Carla, así que cambió rápidamente de tema—. Aunque un poco solos sí que estamos, ¿no?

Señaló a su alrededor: la jungla estaba tan silenciosa y vacía que daba miedo. Aquel viaje a Pangea no se parecía en nada al anterior. La otra vez, una escolta de dinosaurios los había acompañado y protegido durante todo el camino a casa. Al menos esta vez no se habían encontrado con esos horribles hombres-raptor.

—Por mí, cuantos menos monstruos nos sigan, mejor —opinó Carla, aunque no pudo evitar mirar arriba y buscar las siluetas de los pterosaurios en el cielo.

—Yo creo que hemos hecho algo mal y hemos roto los dientes —intervino Lucas.

—¿Qué hemos podido hacer mal? —preguntó Leo, pensativo.

—No lo sé, pero ahora ni siquiera Trasto me hace caso. —Le dio un tironcito a la correa de la cría—. ¡Te he dicho que no te alejes! ¡Puede ser peligroso!

Las arañas robóticas caminaban a su lado, girando como peonzas para examinar el terreno en todas las direcciones posibles. El animalito, que jugaba a perseguirlas y darles cabezazos, agachó los cuernos, arrepentido, y frotó el lomo contra la pierna de su humano adoptivo.

—¿Cómo funcionan exactamente esos dientes? —preguntó la ingeniera, que caminaba tras ellos—. Antes has hablado de una batería. ¿Son electrónicos, como mis robots?

Vega hizo un elegante gesto de ilusionista y de uno de los bolsillos de su mochila sacó la pequeña araña robótica que Lucas había conocido en el laboratorio. La ingeniera se la ofreció con una sonrisa.

—¡Bibot! —exclamó Lucas. Miró a Vega ilusionado—. ¿Es para mí?

La ingeniera asintió.

—¡Muchísimas gracias! —exclamó él, dejando el robot en el suelo para ver cómo caminaba. Celoso, Trasto le dio una cornada en las espinillas—. ¡Ay!

Dani volvió la cabeza desde el principio de la fila y le mandó callar con la mirada. Lucas no se calló, pero sí bajó un poco el volumen:

—No, la verdad es que los amuletos no se parecen en nada a los robots.

—¿Ah, no?

—Qué va. ¡Creo que son mágicos!

—¿Mágicos? —preguntó ella, sorprendida.

—Sí, es raro —reconoció Lucas, avergonzado por hablar de magia con una mujer de ciencia—. Los he estudiado a fondo, y no encuentro otra explicación. Cuando los encendemos, podemos usar habilidades de las criaturas que representa cada uno. Sentimos lo que ellas sienten, hablamos con ellas. Como si nuestras mentes estuvieran conectadas con las suyas.

—¡Lucas! —se interpuso su hermana, apartándolo de un empujón. Miró a la ingeniera con desconfianza y susurró—: ¡No le cuentes nada!

En ese momento, la cría de tricerátops chilló de dolor. El cangrejito robótico había intentado subirse a su lomo y le había clavado una pata en el cuero sin querer. Lucas desenganchó el robot de la piel del animal, se lo guardó en la mochila y cerró los labios con fuerza.

La ingeniera Merón no insistió más.

***

Caminaron durante horas por la jungla, parando solo unos minutos para comer y beber agua. Las posiciones en la fila no cambiaron: Dani y Jonás a la cabeza; Carla, Leo y Lucas tras ellos, con la ingeniera. Elena, que no soportaba estar cerca de la mujer, iba un poco rezagada. El último de la fila era el profesor Arén, que avanzaba encorvado, arrastrando los pies y buscando las sombras. De pronto, tropezó con unos helechos enredados en el suelo. Elena lo atrapó al vuelo, tan rápido que Osvaldo ni siquiera estuvo cerca de caerse.

—Menos mal que hay alguien con reflejos de depredador en el equipo —dijo el profesor, subiéndose las gafas oscuras por la nariz.

—Para lo que han servido... —respondió ella, hundiendo la cabeza y los hombros.

—No ha sido culpa tuya, Elena. —El profesor Arén le levantó la barbilla y la miró con seriedad—. No sabe-

mos cómo funcionan los dientes, ni tampoco qué pasó durante el ataque. Pero sí sé una cosa: hace falta ser muy valiente para enfrentarse a dos depredadores tan peligrosos e intentar dominarlos como hiciste tú.

Las palabras del profesor aflojaron el nudo que Elena tenía en el pecho. La voz del hombre se volvió más ronca cuando añadió:

—Tú controlas a las criaturas más poderosas de este mundo, Elena. Las más fuertes, las más rápidas, las más ágiles e inteligentes. Eres la reina de esta jungla. Todos te respetan. Deberías estar orgullosa, no avergonzada.

—He puesto a mi hermano en peligro. A toda la expedición —murmuró ella—. No he sido capaz de proteger a nadie.

—El amuleto te ha fallado. Si me dejaras examinarlo, quizá podría averiguar qué ocurrió. —Osvaldo le tendió una mano fina y curva como una garra.

Elena tocó el amuleto y dudó. Estaba apagado, pero ni así conseguía hacerse a la idea de separarse de él. Se sacó el cordel de debajo de la camiseta y sostuvo el diente en el aire.

Entonces, se dio cuenta de que el paisaje había cambiado.

Justo detrás del amuleto ya no había árboles, sino varias columnas de piedra que sostenían un pórtico. Parecían hechas del mismo material que el diente. A la débil luz del sol, que ya se ponía en el cielo, Elena vio que tenían talladas marcas e inscripciones como las que habían visto en el templo. De allí salía una ancha calle de piedra, y a los dos lados de la avenida se levantaban los impresionantes restos de una ciudad en ruinas. El lugar que Carla había divisado desde el aire.

Lucas estaba ansioso por ir a explorar, pero Jonás se negó a entrar en la ciudad al anochecer. Decidió buscar refugio en la pirámide más alta, en el límite de la selva. Así la ingeniera Merón podría intentar contactar con Zoic mientras el profesor iba a buscar leña y él montaba el campamento base con ayuda de los cinco amigos.

Cuando terminó de dar órdenes, Jonás subió los escalones de la pirámide.

Elena se guardó el diente, alucinada.

Y el profesor Arén cerró su zarpa en el aire y se escabulló entre las sombras de la jungla con un siseo de serpiente.

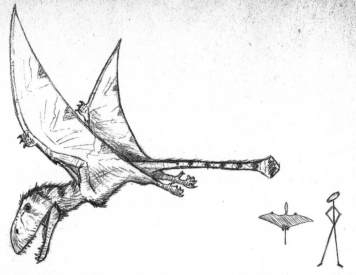

Nombre científico: *Dimorphodon macronyx*

Grupo: pterosaurio (no dinosaurio)

Cuándo vivió: hace 195 millones de años, Jurásico inferior

Dónde vivió: Europa

Alimentación: piscívoro/carnívoro

Tamaño: 1,5 metros de envergadura

Descubierto en Inglaterra en el siglo XIX por Mary Anning, la primera paleontóloga de la historia. Pterosaurio primitivo con un cráneo de gran tamaño, aunque ligero, y una cola larga que le servía de timón.

Otra info:

Su cráneo estaba provisto de dientes afilados. Los pterosaurios andaban a cuatro patas cuando pisaban el suelo, como demuestran sus huellas.

Capítulo 8

LUCES Y SOMBRAS

Kahyla echaba muchísimo de menos a Ahunil. Cuando la tahulu le encargó aquella misión (la primera que hacía como yajjilarii), le pidió que eligiera una ruta por la que el plesiosaurio pudiera acompañarla. Pero Ahunil era tan grande que no cabía en ningún río, así que había tenido que dejarlo en la costa.

Era la primera vez que pasaban tanto tiempo separados. Kahyla lo había encontrado varado en la playa cuando solo era una cría. El gigantesco pliosaurio de la bahía había atacado a su familia y lo había herido. Estaba solo en el mundo.

Como ella.

129

Kahyla era muy joven y tenía miedo de las alturas, pero cargó al plesiosaurio en un cubo de corteza de palma y luego subió trepando con él por el acantilado. La tahulu la esperaba en la cima.

—¿Estás segura? —le preguntó—. Si decides que sea tu kaintuli, parte de tu alma pasará al animal. Estaréis unidos de por vida. Dos mitades de un mismo ser.

Kahyla era muy joven, pero comprendía la importancia de aquella decisión. El plesiosaurio y ella se convirtieron en kaintuli, y nunca se había arrepentido.

Hasta ahora.

La yajjilarii se sentía sola y perdida en tierra firme. Su búsqueda duraba ya casi una luna, y seguía sin acostumbrarse a aquel terreno. Todavía se sentía torpe, como una niña pequeña que da sus primeras brazadas en el agua. Se alegró de que la tahulu no pudiera verla. No habría estado orgullosa de ella.

Pero para las criaturas que la veían pasar, Kahyla era de todo menos torpe. La tahulu la había entrenado para ser rápida, y Kahyla se estaba dando más prisa de lo normal. Corría más rápido que cualquier humano. Más rápido que muchos dinosaurios. Se había alejado de la cueva derrumbada buscando agua y tranquilidad, y sus pasos la habían llevado a orillas de un lago. No encontró calma ni pescado, solo una nube de moscas que revoloteaba sobre los restos de una estampida. Acorazados de los gubashka, cornudos y cabezaduras de los yiaulú. Algunos rajkavvi. Kahyla arrancó un poco de musgo de una roca, se tapó la nariz y siguió el rastro de la estampida.

Le costó mucho ignorar el dolor que sentía por la muerte de aquellas criaturas. En su isla los depredadores cazaban y las tormentas azotaban los arrecifes. Pero nunca había visto tanta destrucción como en aquel viaje. *Una yajjilarii deja de lado sus sentimientos y nunca pierde de vista su objetivo,* escuchó que decía la tahulu en sus recuerdos. Kahyla cerró los ojos un segundo y, cuando volvió a abrirlos, entre las huellas redondeadas con forma de medialuna de los cuellilargos maymnami, vio otras muy distintas.

Más pequeñas.

Humanas.

—Los yajjilarii —susurró.

Kahyla se desvió hacia la jungla. Pronto dejó de mirar al suelo y empezó a guiarse por el destello multicolor que iluminaba el cielo: el rojo de los rajkavvi, el naranja de los gubashka, el amarillo de los yiaulú, el verde de los maymnami, el azul de los ahuluna y el morado de los dayáir. El destello lucía y se apagaba, parpadeaba un momento y volvía a brillar. Kahyla sintió que la luz sagrada del templo se moría, y recorrió a toda prisa los últimos kilómetros de jungla.

Corriendo y maldiciendo.

Pensó que la tahulu tenía razón sobre ella. *Demasiado joven para ser centinela,* había dicho. Ella había luchado para demostrar su valía, y había fallado. Solo tenía una misión: esconder los yajjaali. Pero alguien había encontrado los amuletos. Los yajjilarii habían despertado. Y su luz se estaba apagando.

No soy digna, pensó. *Tengo que recuperar los amuletos antes de que la luz se apague.*

Kahyla corría y lloraba, lloraba y maldecía. Poco después, llegó al claro de la jungla donde estaba la pirámide. Se secó las lágrimas y empezó a buscar, desesperada, una pista que le señalara el camino que habían tomado los centinelas.

—Essstúpida —dijo una voz desde la maleza.

Kahyla se dio media vuelta como si aquella voz pinchara.

—No... —susurró al ver al joven hombre-raptor envuelto en sombras.

—Losss essscondissste. Creíasss que podíasss controlarlosss, pero el poder de losss amuletosss esss másss grande que el de losss humanosss.

—Vosotros también fuisteis humanos una vez —respondió Kahyla.

—Ahora somosss mejoresss —sonrió el rajkavvi—. Llevamosss mucho tiempo esssperando. Y, cuando tengamosss los dientesss, yo misssmo me ocuparé de ti.

Los helechos empezaron a agitarse alrededor de la silueta del rajkavvi. Y, mientras él y sus harapos desaparecían en la jungla, cientos de troodones emplumados entraron en el claro y se abalanzaron sobre ella.

Oyendo la carcajada del rajkavvi, tan cruel que parecía un rugido, Kahyla apretó los dientes y volvió a maldecir. Se llevó la mano al amuleto que colgaba en su pecho y un débil resplandor azul la envolvió. Pensó en Ahunil.

Y la centinela de los ahuluna se preparó para luchar.

* * *

Al profesor Arén le costó muchísimo subir las escaleras. Tuvo que sentarse varias veces a descansar en los peldaños de la pirámide, con el montón de ramitas secas en las manos. Cuando llegó a la cima, la cría de tricerátops huyó de él como siempre que se acercaba a ella. Las arañas robóticas de la ingeniera lo apuntaron con sus cañones aturdidores y lo escanearon con su luz láser.

—OSVALDO ARÉN —dijo la voz metálica de una de ellas—. ACCESO PERMITIDO.

La ingeniera Merón estaba agachada detrás del otro robot. De vez en cuando consultaba algo en su pantalla y ajustaba algún control aquí y allá.

—¿Necesitas ayuda? —preguntó el profesor.

—No consigo recuperar la señal. —Vega negó con la cabeza—. Y me temo que mis robots necesitan una puesta a punto.

—Podría ayudarte a repararlos mañana, cuando haya más luz.

—Como en los viejos tiempos... —sonrió ella—. Siempre pensé que desperdiciabas tu mente desenterrando misterios del pasado, cuando podrías haber estado construyendo el futuro conmigo.

Aquel comentario lo enfureció, pero no supo por qué. Desde que había vuelto de Pangea, a veces lo invadía una rabia que le costaba controlar. Jonás se acercó a él y le quitó el montón de ramas secas de las manos.

—Has tardado mucho —dijo el explorador, ansioso por preparar la hoguera.

—Lo siento —reconoció Osvaldo—. Estaba tan oscuro que casi no veía nada.

Disgustado, Jonás le confió la madera a Dani.

—¿Puedes encender el fuego? —pidió.

Mientras el gigante chocaba dos piedras junto al montoncito de ramitas secas, Jonás clavó un largo palo afilado en un pescado de más de metro y medio que había atrapado en el lago cercano a la ciudad.

—¿De verdad vamos a comernos eso? —dijo Carla, asqueada, cuando el fuego estuvo encendido.

—Es lo único que había hoy en el menú de la jungla, señorita —respondió Jonás, cortante, colocando la cena sobre las llamas.

135

—¡Ni siquiera tiene pinta de pescado! —refunfuñó ella—. Parece, no sé, un pez con armadura.

—Es un sarcopterigio —apuntó Leo—. Es feo, pero sigue siendo un pez, ¿verdad?

El profesor Arén tuvo que hacer un gran esfuerzo para levantarse, caminar hasta la hoguera y examinar el animal. No quería que Leo notara nada raro en él.

—Sí, definitivamente es un sarcopterigio —confirmó, sin mirarle—. Quizá un celacanto, pero no podría asegurarlo. No se conservan fósiles de todas las criaturas del pasado.

A pesar de sus esfuerzos por disimular, Leo lo miró con extrañeza y preguntó:

—Aldo, ¿estás bien?

—Solo cansado —contestó él, sentándose junto a la hoguera. Quiso extender las manos hacia el fuego, pero notó que las mangas del polo de Zoic le quedaban cortas y las apoyó en el regazo—. La caminata, la noche en vela... —No dijo «la muerte de los miembros de nuestra expedición», pero Leo supo lo que estaba pensando—. Tenía que haberles hecho caso a los médicos y quedarme un par de días más en el hospital. Ya no estoy para tantas aventuras.

—¿De joven vivió muchas? —preguntó Elena, curiosa.

—Jo, Elena, acabas de llamarle viejo a la cara —dijo Lucas, que tenía a Trasto abrazado entre las piernas cruzadas. La cría estaba agotada de tanto andar y se dejaba acariciar la parte trasera de los cuernos al calor de la hoguera.

—Ya soy bastante mayor, es verdad —rio el profesor—. Y, sí, tengo algunas anécdotas que contar. Recuerdo que, una vez, Penélope y yo fuimos a investigar unos nidos de tiranosaurio en una zona rural. Un día, enviamos a uno de los becarios de primero al yacimiento. El pobre quiso impresionarnos, y volvió con los pedruscos redondos más grandes que encontró en la excavación. Penélope y yo los examinamos una y otra vez, y allí no había rastro ni de células, ni de hueso, ni de nada que indicara que eso hubiera sido un huevo. ¡Ni siquiera era una piedra! ¡El becario había robado sin querer unas balas de cañón viejísimas que un agricultor tenía en su finca!

—Vaya, qué aventura tan... trepidante —murmuró Elena, decepcionada.

Dani la miró con el ceño fruncido y Lucas le clavó el codo en las costillas.

—¡Ay!

—Lo trepidante no fue eso —aclaró Osvaldo con una sonrisa—: cuando fuimos a devolver las reliquias,

el granjero nos estaba esperando, ¡con una escopeta! Mientras yo intentaba razonar con aquel hombre que no me entendía, Penélope devolvió los proyectiles disimuladamente. Y, al hacerlo, encontró un estrato rico en fragmentos de carbón, un incendio cretácico del que sacamos muchísima información.

Jonás no pudo reprimir una sonrisa.

—Esa es Penélope —dijo—. Nunca se va de ningún sitio con las manos vacías.

Alrededor de la hoguera, todos rieron. Era la primera vez que lo hacían desde que habían dejado el centro de investigación de Zoic.

Mientras Jonás se preparaba para hacer guardia y el resto de la expedición se iba a dormir, Leo se apoyó contra el hombro del profesor y cerró los ojos. Se alegró de que estuviera bien. De que estuviera allí para cuidar de él.

Le hacía sentir al salvo.

El profesor Arén miró al muchacho que descansaba a su lado bajo aquel cielo lleno de estrellas. Quiso protegerle, avisarle del peligro, pero un dolor seco se clavó en su mente en cuanto lo pensó.

Así que no le dijo que el hombre-raptor jorobado, el mismo que susurraba en sus pensamientos desde hacía semanas, estaba allí, en la ciudad en ruinas. Lo

había visto mientras recogía leña junto al límite de la jungla.

El carnotauro huido le había avisado de que estaban en Pangea. Quería los amuletos. Tenía un plan para conseguirlos.

Y el profesor formaba parte de él.

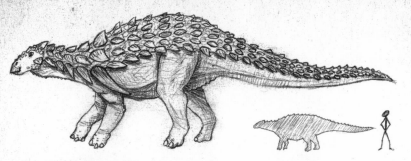

Nombre científico: *Borealopelta markmitchelli*

Grupo: tireóforo, anquilosaurio, nodosáurido

Cuándo vivió: hace 125 millones de años, Cretácico inferior

Dónde vivió: Canadá, Norteamérica

Alimentación: fitófago (herbívoro)

Tamaño: 6 metros de largo

Encontrado en una mina, se trata del fósil de anquilosaurio mejor conservado del mundo, incluyendo las fundas de las púas y hasta impresiones de piel.

Se ha estudiado su piel, que conserva parte de su coloración rojiza, con la parte de abajo más clara.

Otra info:

Sus púas estaban cubiertas de una funda como la de las garras o las de los cuernos de algunos animales.

La piel más oscura por arriba y más clara por debajo se considera un mecanismo de camuflaje para defenderse de depredadores.

Capítulo 9

HISTORIAS Y LEYENDAS

Lucas notó un pinchazo en el brazo. Cuando se despertó, vio que Bibot le clavaba una de sus patitas metálicas con un insistente *bip, bip, bip.*

—¿Qué quieres? —preguntó en un susurro.

Todavía era de noche. Trasto roncaba junto a él y, por encima de las brasas, vio que Elena, Dani y Leo seguían dormidos alrededor de la hoguera. Miró el rostro tranquilo de Carla, a su lado, y luego a Jonás, que se revolvía en sueños un poco más lejos. Debía de estar teniendo una pesadilla.

Lucas pensó que Bibot se había alarmado por el ruido que hacía el explorador. Pero el robotito volvió a pincharle y señaló en una dirección distinta. Lucas entrecerró los ojos tras las gafas y miró adonde le indicaba el pequeño cangrejo robótico.

En la otra punta de la azotea, una silueta se recortaba contra la luz del amanecer. Una silueta enorme, puntiaguda, cubierta con harapos. Dos puntos rojos brillaban donde debían estar sus ojos.

Los hombres-raptor estaban allí.

Lucas se quedó sin respiración. No sabía cómo, pero habían conseguido despistar a los robots de la ingeniera y ahora iban a acabar con ellos. El pequeño inventor activó su diente sin pensarlo dos veces y rodó rápidamente por el suelo para despertar a los demás.

Pero, *bip, bip, bip,* el cangrejo robótico echó a andar tranquilamente hacia la silueta.

—¡Bibot, no! —susurró Lucas, aterrorizado. Y, dirigiéndose al extraño, preguntó—: ¿Qué queréis de nosotros?

Una figura más pequeña salió de detrás de la primera silueta y se agachó para recoger a Bibot. Luego miró la cabeza reforzada del chico y ladeó la cabeza con curiosidad.

—Buenos días, Lucas —saludó la ingeniera Merón, con voz cansada—: Siento haberte despertado, pero necesito a Bibot un momento. ¿Me lo prestas?

—S-sí, claro... —murmuró Lucas, desactivando sus poderes—. ¿Qué..., qué es eso?

Lo que al principio le había parecido un gigantesco hombre-raptor era, en realidad, una estructura metálica llena de luces y cubierta con una lona impermeable.

—Una torre de comunicaciones —dijo la voz del profesor Arén. Estaba agachado junto a la estructura y clavaba trozos de cable al suelo de la pirámide para sujetarla—. Vega la ha construido durante la noche. Programó a uno de sus robots para que volviera al nido donde nos atacaron los carnívoros y trajera todo el material que pudiera recuperar.

—No habría conseguido terminarla sin tu ayuda, Aldo. Gracias —dijo ella, conectando uno de los cables de la torre de comunicaciones a Bibot.

El cangrejito robótico recogió las patas, se convirtió en una esfera perfecta y empezó a girar sobre sí mismo.

—¿Qué está haciendo? —preguntó Lucas, alucinado.

La ingeniera Merón se subió las gafas, conectó su pantalla a la torre y empezó a teclear a toda velocidad. *Bip, bip, bip, bip, bip, bip.* Bibot pitaba como loco.

Por debajo de las ojeras, una sonrisa cruzó el rostro de la ingeniera.

—¿Ha funcionado? —preguntó el profesor.

—Sí —respondió ella—. Hemos contactado con Zoic.

***

—¿Que Zoic va a tardar tres días en venir a rescatarnos? —protestó Elena—. ¿Y pretendes que nos quedemos aquí durante todo ese tiempo?

—Exacto, listilla —respondió Jonás, cerrando su mochila y poniéndose en pie.

—No querrás volver a la jungla —dijo Carla con los brazos cruzados—. Porque yo ya he tenido suficiente muerte y destrucción para todo el viaje.

—Vega y Arén han terminado de reparar los robots —siguió Jonás, señalando las arañas metálicas—. Ahora aprovecharemos que es de día para explorar las ruinas, quizá encontremos algo útil.

—Ten cuidado, ¿eh, Dani? —rio Lucas, abrochándole el arnés a Trasto—. A ver si te vas a tropezar con una piedra y vas a tirar abajo todo esto, como los bichos gigantes de las películas.

—Mmmpfff... —murmuró el gigante, molesto.

Mientras tanto, Leo miraba hacia abajo, a la ciudad. Se moría de ganas de explorar aquellas ruinas: estaba seguro de que eran las mismas que había visto en la grabación del robot de expediciones de su tía. Pero la última vez que se había empeñado en ir a buscarla, todo había terminado mal. Había vuelto a poner a sus amigos en peligro.

El profesor Arén adivinó sus pensamientos. Apoyó una mano en el hombro de Leo y ladeó la cabeza hacia Jonás. No hicieron falta palabras. El explorador también sabía que en aquella ciudad derrumbada podía haber más pistas para encontrar a Penélope.

—Volveremos aquí antes del atardecer —les advirtió—. Hoy no quiero sorpresas: haced lo que yo diga, cuando yo lo diga. Vamos.

La ingeniera Merón tecleó algo en su pantalla. Las arañas robóticas zumbaron y bajaron los escalones de la pirámide, vigilando el lugar con los cañones aturdidores extendidos. Agrupados por parejas, los tres adultos y los cinco amigos comenzaron a explorar las ruinas de aquella ciudad desierta.

—No se parece a nada que haya visto antes —reconoció Jonás.

El grupo estaba cruzando un inmenso arco de piedra tallada. El explorador acarició una de las columnas. Tenía la forma y el tamaño de un saurópodo, y el arco descansaba sobre su larguísimo cuello.

—Todo es gigantesco —observó Dani, maravillado—. La ciudad parece estar hecha a tamaño dinosaurio.

—Entonces te sentirás como en casa, mastodonte —sonrió Carla, agarrándole del brazo con cariño.

Recorrieron en silencio las anchas avenidas mientras los robots de la ingeniera lo escaneaban todo a su paso. Las ruinas respetaban la forma del paisaje y parecían salir de la propia tierra. En cada esquina

encontraban decoraciones de esculturas e inscripciones. En todas aparecían dinosaurios. Y, en muchas, se representaba a los dinosaurios junto a seres humanos, ayudándoles a cargar peso o a trabajar la tierra.

—¿Los habitantes de esta ciudad compartían su vida con dinosaurios? —dedujo Leo, confuso.

—Eso parece. Esos recintos de allí debían de ser establos —comentó Osvaldo. Luego señaló una especie de grúas mohosas, cubiertas de vegetación—. Y esos artilugios parecen diseñados para adaptarse a cerápodos, saurópodos y tireóforos.

—No he visto a ningún carnívoro representado en las esculturas —comentó Leo.

—Hay especies que se dejan domesticar mejor que otras —dijo Elena, guiñándole un ojo a Carla—. Tampoco hemos visto pajareras para guardar lagartijas voladoras.

—¿Podemos ver alguna casa por dentro? —pidió Lucas al ver que Trasto se acercaba a una puerta y asomaba el hocico.

—No sabemos qué puede haber ahí —opinó Jonás—. Será mejor quedarse fuera...

No había terminado de decir aquello cuando el suelo empezó a temblar.

—Rápido, ¡meteos dentro! —exclamó el explorador, señalando la construcción que había considerado insegura hacía un momento.

—¿Pero en qué quedamos? —se aturulló Carla.

Jonás abrió la puerta de una patada y dejó que las arañas robóticas escanearan el interior con sus rayos láser. Un pitido sonó en la pantalla de la ingeniera.

—¡Despejado! —asintió Vega, corriendo y tecleando al mismo tiempo.

Una vez dentro, Jonás puso a la expedición a salvo tras un saliente de piedra y corrió a vigilar la puerta. No quería que nadie se moviera, pero la curiosidad pudo al miedo. Los cinco amigos se asomaron a una ventana redonda, decorada con una hilera de dinosaurios tallados en la piedra.

Lo que hacía temblar el suelo era una gigantesca manada de animales, formada por herbívoros de diferentes tamaños y especies.

Trasto se revolvió en los brazos de Lucas, nervioso.

—¿Quieres estarte quieto? —le regañó su humano adoptivo—. ¡Me estás clavando los cuernos!

—Creo que ha reconocido a sus primos.

Leo señaló a unos cuadrúpedos muy parecidos a Trasto. Eran más cabezones y, en lugar de tres cuernos, tenían una especie de chichón sobre el hocico.

—Paquirrinosaurios —susurró el profesor Arén. La visión de las criaturas de Pangea no dejaba de sorprenderle.

Dani, Elena, Lucas y Carla se echaron a reír sin remedio al oír el nombre.

—Es una combinación de «paqui», que en griego significa grueso, y de «rhino», que significa nariz —dijo Leo rápidamente para cortar las risas.

El profesor Arén le pasó los prismáticos a Dani para que se fijara en unas criaturas bípedas. Tenían una dura protuberancia en el cráneo en forma de cáscara de huevo.

—Mira, los que vienen detrás tienen un nombre parecido: paquicefalosaurios, o «reptiles de cabeza gruesa».

—¡Esos los conozco! —exclamó Lucas, dándose unos golpecitos en la coronilla.

—¿Y para qué servían esos cabezones tan feos? —preguntó Carla.

—Son de finales del Cretácico, así que convivieron con los tiranosaurios—explicó Osvaldo—. Tener algo duro con lo que combatir a carnívoros así nunca viene mal.

—Llevabas razón al decir que la ciudad está hecha a escala de dinosaurio, Dani —intervino Jonás, señalando al enorme titanosaurio que pasaba bajo uno de los arcos de piedra.

—Y a prueba de ellos.

Vega tenía los ojos fijos en un tireóforo de casi siete metros de largo que había golpeado una columna de piedra con la cola sin que esta se tambaleara siquiera.

—Es un edmontonia —dijo Leo al verlo—. Son de la misma especie que la cría que había en el laboratorio de Zoic.

En cuanto dijo aquello, el acorazado dio media vuelta como si le hubiera comprendido, y se acercó al lugar donde estaban escondidos.

—¿Tenéis los amuletos activados? —preguntó el profesor con voz ronca.

Sus alumnos se miraron el pecho, avergonzados. Debían de haberlos encendido sin darse cuenta al entrar en la casa en ruinas.

—Apagadlos ahora mismo —ordenó Jonás, mirando sobre todo a Elena—. No queremos llamar la atención.

En cuanto obedecieron, el tireóforo dio media vuelta. El equipo recogió sus cosas y salió en silencio de la construcción. Jonás no se fiaba de aquellos animales, fueran herbívoros o no, así que se dirigió en la dirección contraria. Los guio con cuidado por las calles de piedra y, unos minutos después, llegaron a una gran plaza.

En el extremo más alejado se levantaban las ruinas de algo que parecía un palacio. Los robots comprobaron que estaba vacío y la expedición cruzó la puerta y se encontró en una sala de techos altísimos. Tenía forma de espiral y estaba rodeada por doce columnas. Había seis con forma humana y otras seis con forma de tireóforo, saurópodo, terópodo, cerápodo, pterosaurio y plesiosaurio, por ese orden. Más adelante, unas grandes ventanas asomaban a un acantilado. Debajo de ellos estaba la jungla y más allá, no muy lejos, la balsa azul del lago donde Jonás había pescado la noche anterior. En el centro de la sala había un altar vacío, preparado para sostener alguna clase de objeto sagrado.

—Esto es increíble —murmuró el profesor Arén—. En este mundo hubo una civilización en la que hombres y dinosaurios colaboraron como hacemos nosotros con los animales de nuestro mundo.

—¿Y por qué desaparecieron? —preguntó Elena.

Antes de que Jonás pudiera impedírselo, la chica ya bajaba por una gran escalera, también en espiral, que había tras el altar. Los peldaños llegaban a una sala oscura con tres paredes cerradas y una abierta al acantilado. El lago se veía al fondo.

—¡Mirad! —exclamó Lucas, tirándole de la manga a Leo.

En el centro de la sala había seis estatuas de pie~ dra. Todas brillaban débilmente con la misma luz de los amuletos. Todas, menos el diente de plesio~ saurio, que lucía mucho más.

—¡Son iguales a las que vimos en el templo! —excla~ mó Carla.

—Sí, es verdad —dijo Dani—. Pero ahora los nuestros parecen menos brillantes.

Lucas se acercó a una de las paredes, donde ha~ bía **un círculo tallado compuesto por seis parejas de**

humanos y dinosaurios, unidas entre sí por lazos de colores: rojo, naranja, amarillo, verde, azul y morado. Había también una especie de lazo blanco que los unía a todos, y algo parecido a un rayo que conectaba cada pareja con el centro, donde había un objeto ovalado.

—¿Eso es un huevo? —preguntó.

—Creo que sí —respondió la ingeniera con interés. Pulsó un botón y uno de los robots escaneó la pared.

—¿Y esto qué es? —preguntó Elena desde la zona más oscura de la cueva.

Había encontrado seis huecos excavados en la piedra. En cada uno había una estatua con forma humana, y todas estaban... vestidas.

—¡Son trajes! —exclamó Carla.

Cada modelo era distinto y de materiales diferentes: madera y trozos de piedra, fibras vegetales y cuero de distintas criaturas. Parecían armaduras, y tenían gemas de colores incrustadas en el pecho: verde, rojo, amarillo, naranja, morado.

Elena, Lucas, Leo, Carla y Dani se detuvieron frente al traje que correspondía a cada uno de sus amuletos. Se miraron, confundidos, al ver que una de las figuras de piedra estaba desnuda.

La figura que tenía un plesiosaurio tallado a sus pies.

Nombre científico: *Edmontonia longiceps*

Grupo: tireóforo, anquilosaurio, nodosáurido

Cuándo vivió: hace 66 millones de años, Cretácico superior

Dónde vivió: Norteamérica

Alimentación: fitófago (herbívoro)

Tamaño: 6 metros de largo

Encontrado en Canadá. Este nodosaurio poseía una hilera de púas a ambos largos del cuerpo apuntando hacia delante y hacia atrás.

Otra info:

Tenía el cráneo muy reforzado.

Las huellas de los anquilosaurios muestran las marcas de sus dedos.

Capítulo 10

ATRAPADOS

Tumbado en la azotea de la pirámide, Leo intentaba dormir, pero los susurros de Dani y Elena no le dejaban. Abrió los ojos y miró al cielo, lleno de puntos de luz. Pensó que su tía debía de estar viendo lo mismo que él en algún lugar de Pangea, y sintió un escalofrío. Llevaba perdida casi cuatro meses. Ojalá las estrellas fueran un mapa para encontrarla. Imaginó a sus padres allí, en el cielo, cuidando de él. Le daba mucha vergüenza reconocerlo, pero cuando estaba muy triste o desesperado, les pedía cosas. Aquella noche ignoró la vergüenza y les pidió que cuidaran también de Penélope.

—¡Elena, no seas plasta! —protestó Dani—. ¡Jonás ha dicho que bajar a la ciudad es peligroso!

—¡Pero tú sabes orientarte!

—¡Que no! ¡Ya hemos causado bastantes problemas!

Leo nunca había escuchado al gigante tan enfadado, ni siquiera cuando Elena perdía los nervios en los partidos de rugby y se ponía a insultar a todo el mundo.

—¡Ahhh! ¡Es que no soporto estar aquí sin hacer nada!

El explorador levantó la vista junto a la hoguera.

—No seas impaciente. Solo llevamos aquí dos noches —dijo Jonás con voz tranquila—. Vega dice que Zoic ha recibido el mensaje. La ayuda está en camino.

—Así es —confirmó la ingeniera Merón.

Elena se puso más nerviosa todavía al pensar que salir de allí dependía de aquella horrible mujer. Jonás se acercó a ella y le tendió una navajita y un trozo de madera en el que había tallado una delicada figurita de titanosaurio.

—A mí esto me ayuda —le dijo—. Me concentro en algo que no me haga sentir nervioso y me calmo un poco.

Elena cogió la navaja y la figura y, enfadada, las tiró a la hoguera. Luego fue a la esquina más aleja-

da y os-
cura, y se
quedó allí, cruza-
da de brazos y refun-
fuñando. Leo se levan-
tó para ir con ella.

—Déjame a mí —le pi-
dió el profesor Arén—. Yo hablaré con ella.

Osvaldo fue hacia Elena, y Jonás y Leo se sentaron juntos frente a la hoguera y miraron a Lucas, que jugaba con Bibot y Trasto. Lanzaba un palo a la otra punta de la pirámide y le daba un premio al que se lo trajera antes (una piedrecita para el robot, una deliciosa hoja verde para la cría de triceratops).

—Entiendo que esté cabreada conmigo, ¿sabes? —murmuró el explorador, señalando a Elena—. Debería poder sacaros a todos de aquí, ese es mi trabajo. Cada minuto en este mundo es un minuto más que estamos todos en peligro.

—Si estamos vivos, es gracias a ti —aseguró Leo, avergonzado—. Siento lo que te dije, fue injusto. Todo esto es culpa...

—De nadie. Mala suerte, nada más —dijo Vega, sentada a su lado. La ingeniera tenía la pantalla en el regazo, pero no la miraba. Tenía los ojos clavados en

Carla, que también estaba sentada junto la hoguera. Y, más exactamente, en el amuleto de piedra que colgaba de su cuello—. ¿Puedo ver lo que estás dibujando?

—Bueno, no ha quedado muy bien —respondió ella, tímida, tendiéndole su cuaderno—. Son los trajes que hemos visto en la cueva de las estatuas.

La ingeniera Merón examinó con atención el boceto del traje con la gema morada. Estaba hecho de una tela muy ligera y elástica, y bajo los brazos tenía unas extensiones que parecían alas de insecto.

—Son muy bonitos. Los dibujos y los trajes —observó Vega—. Hay que reconocer que combinan de maravilla con los amuletos. Cuando estemos de vuelta en el laboratorio, ¿me prestarías el tuyo para analizarlo?

Carla soltó el lápiz y se llevó las dos manos al diente de piedra. Vega tenía la mano extendida hacia ella, como si quisiera que se lo entregara en ese mismo momento. Carla dudó: no estaba acostumbrada a desobedecer a los mayores, pero tampoco quería que nadie tocara su amuleto.

Lucas se agachó junto a la ingeniera para recoger el palo. Cuando se preparaba para lanzarlo, se fijó en que había un puntito parpadeando en su pantalla.

—Oye, ¿y eso qué es? —preguntó.

Vega devolvió la atención al aparato, en el que había aparecido una cascada de numeritos. A medida que los interpretaba, en su rostro crecía una sonrisa.

—¿Noticias de Zoic? —El explorador levantó la cabeza, esperanzado.

—Están a menos de cinco horas de camino. Hiciste muy bien en establecer el campamento aquí, Jonás —alabó Vega—. El camino más directo desde la cascada que oculta el portal es seguir el curso del río hasta ese lago. Quieren que nos reunamos con ellos en la orilla, en este punto, en cuanto amanezca.

—¿Al lado del lago? —preguntó Carla, sorprendida—. Pero ¿no se supone que es peligroso? Dani dice que siempre hay depredadores esperando a que los herbívoros vayan a beber.

—A ver si en vez de un campamento vamos a montar un bufé libre —comentó Lucas, dándole a Trasto su premio por haberle llevado el palito.

—No os preocupéis —dijo Jonás—. Vega les ha informado de la situación. Estarán preparados para cualquier cosa que puedan encontrar.

—Así es —confirmó la ingeniera—. Por fin podremos salir de Pangea.

Leo, Carla, Dani y Lucas se miraron con pena.

—¿Y esas caras tan largas? —se sorprendió Jonás—. Pensaba que queríais volver a casa.

—¡Claro que queremos! —aseguró Carla. Le daba vergüenza admitir que una parte de ella deseaba quedarse en aquel mundo de monstruos—. A ver, Leo seguramente querría encontrar a su tía, y Lucas y Dani serían muy felices si los dejaras sueltos por esta ciudad. Yo solo me quedo con ganas de ver cómo me hubiera sentado el traje que había en ese palacio.

—La verdad es que lo que hemos visto es increíble —reconoció Jonás—. Hay miles de preguntas por resolver. ¿Los humanos que vivieron aquí son de este mundo o vinieron del nuestro? ¿Cómo consiguieron construir un sitio como este, si nosotros apenas hemos logrado sobrevivir con toda nuestra tecnología? Y lo más importante, ¿por qué ya no hay nadie?

—Pero aquí sí queda gen... —empezó a decir Dani.

Leo le clavó un codo en las costillas antes de que pudiera hablarles de los hombres-raptor. No habían tenido noticias suyas en todo el viaje. Hablar de ellos supondría revelar más información sobre los dientes, y no quería hacer eso. Especialmente con la ingeniera delante.

Dani comprendió y cerró la boca, pero Vega Merón se dio cuenta de todo.

—Claramente, los amuletos tienen algo que ver —opinó, clavando de nuevo los ojos en el de Carla—. Con ellos podrían controlar a los dinosaurios, dominarlos para evitar que los atacaran, como hacéis vosotros. Pero ¿de dónde salen esos poderes? ¿A quién pertenecen los trajes de la cueva? Eso es lo que yo quiero saber.

—Es uno de los muchos misterios que tendremos que resolver en el futuro —intervino el profesor Arén, que venía acompañado de Elena. Había conseguido convencerla de que volviera con el grupo—. Quizá cuando encontremos a Penélope, ella pueda hablarnos de sus descubrimientos.

—Si es que está viva —aventuró la ingeniera.

—Lo está —replicaron Osvaldo y Jonás a la vez.

Leo sonrió y miró al cielo. Si ellos no perdían la esperanza de encontrar a su tía, él tampoco debía hacerlo.

Elena se sentó entre Jonás y él, lo más lejos que pudo de la ingeniera Merón. No había pasado ni cinco minutos junto al fuego cuando, de repente, se puso rígida.

—¿Estás bien, Elena? —preguntó Jonás.

—No... no lo sé. He notado algo.

—¿Tienes el amuleto...? —empezó a preguntar el explorador.

—Apagado —se apresuró a responder ella, enseñándolo—. No quiero gastarlo. Creo que está perdiendo su poder.

—Estamos a salvo —aseguró la ingeniera, quitándole importancia—. Mis robots están programados en modo centinela. Se activarán si detectan cualquier movimiento.

Elena miró a la ingeniera y bufó. Jonás la observó un momento, se rascó la barba y, cogiendo su machete, dijo:

—Voy a hacer una pequeña inspección, por si acaso.

—¿Quieres llevarte a Bibot? —le ofreció Lucas, tendiéndole el cangrejito robótico con una mano y cogiendo a Trasto con la otra. Jonás lo aceptó, bajó las escaleras y se perdió en la oscuridad.

Lucas ocupó el sitio que el explorador había dejado libre junto a su hermana. Carla, Leo y Dani también se acercaron a los mellizos y se apretaron junto a ellos. La jungla estaba tan silenciosa que daba miedo.

Pasaron los minutos, y el silencio de la noche no se rompió. Más tranquila, Carla miró hacia las estrellas que brillaban en el horizonte. Sus ojos se posaron en un par de puntos luminosos que relucían en la oscuridad, justo detrás de Vega.

—¿Habéis visto eso? —dijo, intrigada.

—Carla, ya te he dicho que estamos a salvo —replicó la ingeniera—. Mis robots están programados en mod...

Todo fue muy rápido.

Los puntos de luz avanzaron a toda velocidad y se convirtieron en dos esferas transparentes. Después, en dos pupilas alargadas iluminadas por la luz de la hoguera. Luego, en un hocico puntiagudo y lleno de dientes que se abalanzó sobre la ingeniera.

—¡VEGA, HUYE!

El rugido de Jonás fue tan fuerte que acalló el del depredador. El explorador salió de las sombras, cargó contra la criatura y la empujó con fuerza hacia la hoguera.

—¡Un utahraptor! —gritó el profesor Arén, señalando las plumas en la cresta y los brazos del carnívoro mientras este intentaba escapar del fuego.

Carla, Dani, Elena, Lucas y Leo se levantaron a la vez y encendieron sus dientes, al tiempo que el profesor trataba de protegerlos con su cuerpo. En lugar de unirse a ellos, la ingeniera Merón corrió hacia sus arañas robóticas, atemorizada.

—¡Imposible! —exclamó, revisando cables y controles con desesperación—. ¡El protocolo de vigilancia ha fallado!

El utahraptor salió de las llamas, arrastrándose y retorciéndose de dolor. Se encogió en las sombras y aulló dos veces. La pirámide empezó a temblar como si hubiera un terremoto.

—Son muchísimos —dijo Elena, rozando su diente, que brillaba casi sin luz—. Tenemos que salir de aquí.

No tuvieron tiempo de hacerle caso porque, de pronto, la cima de la pirámide se llenó de terópodos que los rodearon por todas partes. Junto al raptor de las plumas chamuscadas había otros dos ejemplares idénticos. Los mismos que acompañaban a los hombres-raptor cuando los sorprendieron en el valle.

Jurra, Rakku y Xeffir, los reconoció el profesor Arén.

Detrás de ellos aparecieron cinco, diez, quince raptores más, silenciosos como sombras. Y, entre sus patas de garras curvas, una pequeña bandada de crueles troodones. Una treintena de depredadores contra cinco chicos, tres adultos y dos robots inutilizados.

No tenían nada que hacer.

Jonás tiró de ellos y los arrastró hacia el lado de la pirámide que no estaba bloqueado por los dinosaurios. Sabía que su única esperanza era escapar de allí antes de que los rodearan por completo. Quizá meterse en la jungla, intentar despistar a los animales entre los árboles. Eso sería lo que haría Penélope.

Pero Elena se apartó del grupo.

La chica recordaba lo que el profesor Arén le había dicho antes de llegar a la ciudad perdida. Lo que le había repetido hacía un momento, junto a la hoguera. *Eres la reina de esta jungla. Todos te respetan. Deberías estar orgullosa, no avergonzada.* Sabía que podía protegerlos, tenía que intentarlo.

Con un siseo, aterrizó frente a los animales y se irguió con los dientes apretados.

Les sostuvo la mirada, y ellos avanzaron.

Rugió, y ellos se detuvieron.

168

La respetaban.

—¡Elena, ven! —lloriqueó Lucas, apretando a Trasto contra su pecho.

Pero Elena no le escuchaba.

Avanzó, y los raptores retrocedieron.

Era como había dicho el profesor: podía dominar a las criaturas más fuertes, ágiles e inteligentes. Era más fuerte que ellas. Saboreó el poder del diente. Sonrió, orgullosa, con la boca llena de colmillos afilados.

Entonces, la luz de su amuleto parpadeó, se apagó del todo.

Y los depredadores se abalanzaron a la vez sobre ella.

Nombre científico: *Lohuecotitan pandafilandi*

Grupo: saurópodo, titanosaurio

Cuándo vivió: hace 72 millones de años, Cretácico superior

Dónde vivió: España

Alimentación: fitófago (herbívoro)

Tamaño: más de 15 metros de largo

Lohuecotitan es un titanosaurio que se ha encontrado en el yacimiento de Lo Hueco, en Cuenca.

Los titanosaurios fueron los últimos saurópodos. Tenían unas placas u osteodermos en la espalda. Además, eran más ligeros gracias a tener muchos huesos huecos, como los pájaros.

Otra info:

Posiblemente usaban el calcio de las placas para formar las cáscaras de los huevos.

Capítulo 11

HUIDA POR LA CIUDAD EN RUINAS

El diente de Elena se había apagado.

Pero el de Dani todavía no.

—¡Dani, ni se te ocurra! —gritó Jonás cuando lo vio correr hacia ella.

Esta vez, el gigante no le hizo caso. Volvió a subir las escaleras y cargó con toda su fuerza de saurópodo contra el enjambre de utahraptores. Porque un explorador nunca deja atrás a un compañero.

Dani se acercó a Elena, desmayada en el suelo. Con el último brillo de su diente, apartó de un manotazo a la bandada de troodones que mordisqueaban los pantalones de su amiga. Los raptores aprovecharon para subírsele a la espalda cuando se agachó a recogerla. El de las plumas chamuscadas siseó y le arañó en el hombro con las garras delanteras. Dani se levantó, lo agarró de la cola y giró para lanzarlo contra los otros raptores. Aprovechando la confusión, cogió a Elena en brazos y corrió tras sus compañeros, rezando porque el poder del amuleto le durara unos minutos más.

A mitad de las escaleras, oyó las plumas de uno de los raptores aletear a su espalda y sintió su aliento en la nuca. Y si consiguió escapar fue gracias al apoyo aéreo: Carla, transformada en pterosaurio, bajó del cielo y empujó al depredador escalones abajo. Volaba insegura, como si las alas no le respondieran.

—¡Bien! —gritó Lucas, más abajo.

—¡Vamos!—dijo ella—. ¡No sé cuánto aguantará el poder del diente!

—¡Dani, deprisa! —lo animó Leo.

Dani sabía perfectamente que tenía que darse prisa, pero Elena cada vez le pesaba más. A él también se le estaba agotando el poder del diente. Lo notaba.

—Capitana, ¿puedes andar? —le preguntó, sacudiéndola.

—Cre-creo que sí —respondió Elena, abriendo los ojos.

Dani la dejó en el suelo, la sujetó por la cintura y la ayudó a bajar los peldaños de la pirámide lo más rápido que pudo.

—¡Venga, venga! —gritaba Lucas desde el suelo. Tenía los ojos llenos de lágrimas y abrazaba a Trasto con todas sus fuerzas.

—¡Hacemos lo que podemos! —protestó Dani.

Pero Lucas no le metía prisa a él, sino a la ingeniera Merón, que tecleaba en su pantalla a toda velocidad, con una gota de sudor corriéndole por la frente.

—PROTOCOLO DE DEFENSA ACTIVADO —exclamaron los robots a la vez con voz metálica.

—¡Por fin! —gritó Vega, triunfal.

Las arañas robóticas giraron sobre sí mismas y empezaron a lanzar rayos aturdidores a todas partes. Un par alcanzaron a varios raptores en el pecho, y Dani y Elena ganaron algunos segundos de ventaja. Aprovecharon para recuperar el aliento..., pero lo perdieron cuando el largo hocico de un espinosaurio se cerró tan cerca de ellos que les vibró todo el cuerpo. La cabeza del animal había aparecido de repente de la jungla. Volvió a abrir las fauces para triturarlos, pero lo que salió de su hocico fue un rugido de dolor cuando un rayo aturdidor alcanzó la herida que tenía abierta en la vela.

Elena reconoció al espinosaurio. Era uno de los carnívoros que los habían atacado en su primera visita a Pangea, justo antes del desplome de la cueva. Sintió el dolor de la criatura, pero esta vez agradeció que los crueles inventos de la ingeniera lo mantuvieran a raya.

—¡Rápido, al palacio! —gritó Jonás cuando Dani y ella llegaron al suelo. El explorador los guio por las ruinas a la carrera—. ¡Allí estaremos a salvo!

Los raptores, los troodones y el espinosaurio los seguían muy de cerca, pero ellos no podían ir más deprisa: además de las ruinas derrumbadas de la ciudad, tenían que esquivar los cuerpos de los herbívoros que habían visto paseando por sus calles hacía unas horas.

—No te asustes, Trasto —le susurró Lucas a la cría, que gimoteó al ver los cadáveres de los paquirrinosaurios y los paquicefalosaurios.

—¿Cómo no los hemos oído acercarse? —jadeó Dani, saltando sobre el cuello desgarrado de un titanosaurio.

—¡Casi nos comen! —boqueó Carla, volando sobre su cabeza.

—Son muy silenciosos —dijo Leo. Le faltaba el aire por culpa de la carrera y de la impresión. Añadió con un hilo de voz—: Para no ahuyentar a sus presas.

—No son presas —observó Elena—. No se las han comido.

—¿Los raptores los han matado por placer? —preguntó Jonás sin dejar de correr. Era el único que no jadeaba.

—¡No han sido los raptores! ¡Han sido ellos! —exclamó el profesor Arén.

Osvaldo señaló las cabezas cornudas de los dos carnotauros que aparecían en ese momento en la avenida, cada uno a un lado de la calle. Carla giró a toda velocidad, justo a tiempo de esquivar la dentellada de uno. Pero su amuleto empezó a parpadear y, de pronto, se apagó.

—¡Aaahhh! —chilló, cayendo al suelo entre los dos carnívoros.

—¡Carla! —gritó Lucas, muerto de miedo.

Lucas activó su diente y, seguido por Trasto, corrió hacia Carla rápido como un hipsilofodonte. Dirigidos por la ingeniera, los robots giraron y dispararon a uno de los depredadores entre los cuernos. Lucas aprove-

chó para pasar bajo las patas del carnívoro y llegó hasta Carla.

El otro carnotauro aprovechó que los dos robots atacaban a su compañero para triturar uno de ellos con los dientes. La máquina se vengó de él explotando en su boca y dejándolo fuera de combate. El dinosaurio se tambaleó y cayó al suelo a cámara lenta justo cuando Lucas conseguía poner a salvo a Carla.

La luz de su diente parpadeó.

—¡Por los pelos! —exclamó Lucas—. Mi amuleto está a punto de apagarse.

—¡Casi te aplasta, idiota! —Su hermana lo abrazó, preocupada—. ¿Estás bien, pija?

Carla asintió débilmente.

—Me... he... dado... un... buen... trompazo...

—¡Hay que seguir! —Leo llegó hasta ellos y ayudó a Lucas a cargar con su amiga.

—¡Estamos cerca! —gritó Jonás, pateando a un troodon y abriendo un atajo con su machete entre la vegetación que ocultaba una casa en ruinas.

—¡Ellos también! —dijo Dani, señalando atrás.

Los carnívoros que los perseguían ya no corrían. Caminaban despacio tras una figura jorobada, envuelta en harapos oscuros. La capucha le tapaba la cara pero, en medio del dolor, Carla vio que la luna hacía brillar una curva blanca llena de colmillos bajo ella. La figura sonreía.

Elena sintió un escalofrío.

—¿Qué diablos es eso? —preguntó Jonás mientras cruzaban la plaza y subían los escalones del palacio.

—Eso no es un dinosaurio —se adelantó la ingeniera.

La pantalla de Vega mostró una fotografía de la criatura. El robot superviviente lo había escaneado mientras huían, y la imagen era muy clara: la silueta era humana.

O casi.

—¡Sea lo que sea, tenemos que ponernos a salvo! —exclamó Osvaldo, cada vez más nervioso, mientras empujaba a sus alumnos dentro del edificio.

La silueta hizo un gesto y tres utahraptores (uno de ellos con las plumas chamuscadas) echaron a correr con las mandíbulas abiertas hacia la entrada.

—¡Dani, cierra la puerta! —gritó Jonás, lanzando a Lucas y Trasto al interior del palacio y sacando su machete.

—Pero...

—¡Hazlo!

Dani obedeció y empezó a empujar las dos hojas de madera. El explorador agarró el machete con las dos manos y corrió hacia los tres utahraptores. Las criaturas emplumadas subieron los escalones y saltaron sobre él rugiendo. Por la rendija que quedaba entre las puertas, Dani vio a Jonás empuñando el machete, hiriéndolas, haciéndolas retroceder. Confundidas, las criaturas se separaron para volver a atacarle. Pero él aprovechó para deslizarse por el suelo con las piernas extendidas, y entró por la puerta un segundo antes de que Dani la cerrara del todo.

Ya en el interior del palacio, Dani y Jonás empujaron las puertas de madera con todas sus fuerzas, y Leo, Elena y la ingeniera Merón amontonaron todo lo que encontraron delante para crear una barricada. Lucas puso a cubierto a Carla junto al altar de piedra. El profesor Arén daba vueltas de un lado para otro, histérico.

—No servirá de nada. Esas criaturas pesan toneladas, las puertas no aguantarán —exclamó—. ¡Tenéis que entregarles los amuletos!

—¿De qué hablas, Osvaldo? —preguntó Vega, confusa—. ¿Cómo sabes que quieren los...?

—¡Sssilencio! —la mandó callar el profesor, con una voz ronca que no parecía suya. Trasto gimió, asustado, y se escondió tras una de las columnas de la sala. Mirando a los cinco amigos de nuevo, el profesor insistió—: Eso es lo que buscan. Si se los dais, los hombres-raptor nos dejarán marchar.

—Aldo, no podemos... —dijo Leo, intentando buscar su mano.

El profesor se apartó como si la piel del chico quemara.

—Son malos —añadió Lucas, llamando a la cría para que volviera a su lado.

—No sabemos para qué quieren los amuletos... —continuó Dani.

—... pero sentimos que no deberían tenerlos —terminó Carla.

—Ellos saben lo que son y para qué sirven —aseguró con voz ronca el profesor—. Podrían devolverles la luz a los dientes. Podrían enseñaros a usarlos. Seríais poderosos...

Elena se llevó la mano a su diente y dudó.

—Podrías ser la reina de esta jungla —dijo Osvaldo con la mano extendida.

Jonás se colocó entre el profesor y los chicos y lo empujó hacia atrás.

—Arén, ¿se puede saber qué estás haciendo?

De repente, el profesor pareció volver en sí y los miró como si acabara de despertar de un sueño.

Se retorció de dolor.

Se apartó de ellos.

—Lo siento mucho.

Y, sin más explicaciones, se perdió en las sombras de la escalera en espiral.

* * *

Osvaldo Arén nunca había tenido tantas ganas de escapar.

Del peligro, de sí mismo.

De su mente.

Se asomó a las ventanas que daban al acantilado. Pensó en saltar al lago y que el agua ahogara la voz en su cabeza. Pero ya lo había probado todo para hacerla callar, y nada funcionaba. Así que recorrió la sala, buscando la solución a su problema en las paredes.

No era el mejor momento para ponerse a admirar las maravillas de aquel lugar pero, a pesar de todo, volvió a sorprenderse. **Fue recorriendo los huecos en la piedra donde estaban las armaduras. Cada una tenía una herramienta distinta:** una maza en el caso de los tireóforos; un bumerán y un escudo parecido a una placa de ceratopsio para los cerápodos; un látigo para los saurópodos; una espada curva como una garra para los terópodos; y una cerbatana con forma de pico de pterosaurio para los reptiles voladores. Se preguntó cuál sería el arma del guardián de los plesiosaurios. **Tenía tanto que aprender de aquel mundo...**

—Sssi cumplesss tu promesssa, te lo enssseñaremosss todo —prometió la voz del jorobado, acompañada de la cegadora luz roja que Osvaldo conocía tan bien.

El profesor Arén apretó los dientes y consiguió que, poco a poco, el color rojo desapareciera. La sala volvió a aparecer frente a él.

Estaba muy arrepentido de haber puesto en peligro a sus alumnos, pero el dolor que los hombres-raptor le provocaban era insoportable... Por eso había desactivado los robots de la ingeniera Merón en medio de la noche, mientras todos dormían.

Por su culpa, los depredadores los habían rodea~ do. Por su culpa, sus alumnos habían estado a pun~ to de morir.

Él no quería nada de todo aquello.

No quería faltar a la promesa que le había hecho a Penélope.

No quería obligar a los chicos a entregar los amu~ letos.

No quería que aquellos seres crueles y malvados se hicieran con ellos.

—Esss la única forma... —dijo la voz del jorobado. Otro latigazo rojo de dolor—. Entréganosss losss yaj~ jaali. ¡Mata a esssasss besssstiasss humanasss que han hecho sssufrir a losss míosss!

El profesor Arén sintió en su cuerpo las descargas que los robots de la ingeniera Merón habían lanzado a la abelisaurio. El ardor del fuego en las plumas de Jurra cuando Jonás lo había empujado a la hoguera. El sufrimiento del carnotauro cuando la araña robóti~ ca había explotado en su boca.

Cayó al suelo, vencido por el dolor.

—Esss la única sssalida —siseó el jorobado en su mente.

El profesor Arén lo veía todo rojo.

Pero aun así se levantó.

Se apoyó en la pared, palpó la roca y su mano reconoció la armadura del guardián de los terópodos. Agarró el mango de la espada curva con las dos manos y, clavándola con todas sus fuerzas en una grieta entre dos piedras, gritó:

—¡NO!

* * *

El rajkavvi jorobado se tambaleó, sorprendido.

El humano lo había echado de su mente.

En el fondo —muy en el fondo— los rajkavvi también eran humanos, pero sus mentes eran mucho más poderosas. Los humanos eran seres inferiores que no se atrevían a controlar los bayrad, los huevos sagrados.

Este, sin embargo, estaba demostrando una resistencia fuera de lo común. Ojalá pudiera dominarlo: sería útil tener un siervo tan fuerte a sus órdenes.

Pero el rajkavvi conseguiría los dientes, con su ayuda o sin ella.

Si el humano no quería quitarles los amuletos a las crías de humano, lo haría él mismo. Ningún ser inferior se lo impediría, y mucho menos esa mocosa estúpida que se creía yajjilarii de los ahuluna.

184

Él había encontrado los dientes antes que ella. Y no los dejaría escapar.

El jorobado movió las manos despacio y los depredadores que lo acompañaban se acercaron al palacio. Los más pequeños saltaron a los huecos de las ventanas para colarse dentro. Los más grandes golpearon la puerta de madera con sus enormes cabezas. Los medianos —Jurra, Rakku, Xeffir— se mantuvieron a su lado, esperando órdenes.

Mientras los carnívoros se lanzaban contra las barreras del palacio, el rajkavvi sacó la lengua entre los dientes afilados.

Y sonrió al pensar lo orgulloso que estaría su líder de su victoria.

Nombre científico: *Carnotaurus sastrei*

Grupo: terópodo, abelisaurio

Cuándo vivió: hace 70 millones de años, Cretácico superior

Dónde vivió: Patagonia argentina, Sudamérica

Alimentación: carnívoro

Tamaño: 9 metros de largo

Encontrado en la provincia de Chubut, en Argentina. Es uno de los abelisaurios más grandes, aunque sus patas demuestran que era un gran corredor. En el mismo yacimiento se encontraron impresiones de su piel.

Otra info:

Cráneo muy chato con dos cuernos encima de los ojos.

Sus bracitos eran muy cortos y robustos.

Capítulo 12
UNA ESPERANZA

—¡Jonás, la ventana!

Leo retrocedió al ver al troodon que asomaba el hocico por el hueco en la pared. El explorador dejó solo a Dani sujetando la puerta y corrió hacia el pequeño raptor emplumado. Intentó golpearlo, pero el carnívoro lo esquivó, dobló las garras de las patas y le saltó encima.

—¡Ahhhh! —gritó Jonás cuando la criatura le arañó en la cara.

El explorador cayó al suelo, tapándose con las manos, y el troodon trepó sobre él. Cuando se preparaba para clavarle los dientes, afilados como cuchillas,

Trasto lo golpeó con sus cuernecitos y lo aplastó contra la pared.

El brillo amarillo del diente de Lucas se apagó del todo.

—¡Bien, Trasto! —Mientras Jonás volvía a ponerse en pie, Lucas se agachó junto a Carla, preocupado, y le cogió la mano. Seguía tumbada en el suelo de piedra con los ojos cerrados—. ¿Estás bien?

—Sí... —murmuró ella—. No... te... preocupes...

—¡No os pongáis tan cómodos! —gritó Elena—. ¡Las visitas no han terminado!

Por el hueco de la ventana ya no asomaba uno, sino varios troodones que se preparaban para entrar en el palacio. Elena se colocó delante de Carla y Lucas, y se enfrentó a las criaturas que saltaban al suelo. Tenía el diente apagado, pero estaba claro que los carnívoros le tenían miedo. Eran cuatro, y daban vueltas a su alrededor, esperando el momento perfecto para atacar. Sujetando una piedra con los puños apretados, Elena los miraba desafiante.

—¡Vamos! ¡Venid aquí!

—Elena, ¡que no tienes poderes! —le recordó Dani, asustado.

—¡Ni tú tampoco! —respondió ella.

Leo apareció en ese momento, con el diente débilmente iluminado de naranja, y se colocó frente a ella, de espaldas a los troodones.

—¡Lucas y Elena, con Dani! —ordenó Leo mientras los depredadores clavaban los dientes en la dura coraza de su espalda—. ¡Carla, tú con la ingeniera!

Los mellizos ayudaron a Carla a levantarse y luego corrieron con Dani. El gigante empujaba la puerta con sus anchas espaldas para evitar que los invasores entrasen. Pero los golpes de los carnotauros contra la madera cada vez eran más fuertes.

—¡A buenas horas! —se quejó Dani, señalando el agujero que uno de los carnotauros había abierto con los cuernos en la madera.

—Justo a tiempo, más bien.

Elena dio un tirón de la camiseta al gigante y lo apartó del hueco. En ese mismo instante, el largo hocico del espinosaurio asomó con un chasquido junto a la cabeza de su amigo. El animal abría y cerraba las mandíbulas, y hacía que la grieta se ensanchara cada vez más.

—¡Ay, que va a entrar! —chilló Lucas, mirando la boca llena de dientes del animal.

Su grito y el rugido del dinosaurio se mezclaron con el zumbido de los rayos aturdidores que lanzaba la única araña robótica que quedaba en pie. A aquel caos de ruidos se sumó un pequeño chisporroteo.

—¿Qué? ¡No! —gritó Vega, desesperada. Su pantalla de control acababa de quedarse en negro—. ¡No falles tú también!

—Leo, ¡al suelo! —indicó Jonás.

El explorador se echó encima del chico al ver que su diente empezaba a perder fuerza. El último rayo aturdidor de las arañas robóticas les pasó por encima justo cuando el resplandor naranja se apagaba, y alcanzó a los cuatro troodones a la vez.

Los raptores emplumados salieron despedidos cada uno a una punta de la sala. Leo suspiró, aliviado, y se quedó tumbado en el suelo. El explorador se levantó a toda prisa, sacó un rollo de cuerda de la mochila que llevaba a la espalda y corrió hacia la puerta. Trepó sobre la barricada, se abrazó al hocico del espinosaurio y le ató la cuerda alrededor. El dinosaurio retrocedió, sin poder abrir la boca, y la puerta dejó de temblar.

Cuando aterrizó de un salto, Jonás tenía la cara llena de arañazos ensangrentados, el pelo suelto sobre los hombros y el polo de Zoic desgarrado. Todavía tumbado en el suelo, Leo pensó que no sabía quién le parecía más feroz, si las criaturas que intentaban derribar la puerta, o él.

El rugido de frustración que brotó del pecho del explorador le ayudó a decidirse.

—¿Se puede saber qué les pasa a tus robots, Vega? —gritó, furioso—. ¡Primero fallan al detectar un ataque y ahora casi nos fríen!

—No lo entiendo —reconoció Vega, avergonzada—. Te juro que comprobé que estuvieran activados en modo de vigilancia justo antes de...

—¡Pues no han funcionado! —volvió a exclamar Jonás. Parecía una bomba a punto de estallar—. Y ahora solo queda uno.

—Y ni siquiera podemos controlarlo... —murmuró Carla, mirando la pantalla rota de la ingeniera.

Vega no se movía, como si a ella también se le hubiera roto algo por dentro.

—No puedo creer que hayamos llegado a esta situación. ¿Quién es ese hombre que controla a los dinosaurios? —dijo Jonás. De pronto, pareció recordar algo—. ¿Y dónde se ha metido Arén?

—Lo que me gustaría saber a mí es por qué ese hombre de ahí fuera quiere los amuletos —murmuró la ingeniera Merón en voz muy baja—. ¿Qué son?

Leo miró al suelo y apretó los puños.

El explorador se arrodilló para quedar a su altura y bajó la voz.

—Leo, por favor —pidió, apoyándole las manos en los hombros—. Para poder cuidar de ti, necesito que seamos amigos. Y los amigos siempre se cuentan la verdad.

Leo se quedó helado. Aquellas palabras eran las mismas que le había dicho el profesor Arén la primera vez que fue a verlo a su laboratorio. Notó que se le aflojaba un nudo en el pecho, y comprendió que podía confiar en Jonás.

—No sabemos para qué los quieren —reconoció Leo—, pero ya intentaron quitárnoslos cuando volvimos para rescatar al profesor.

—Están obsesionados con ellos —añadió Elena—. Dicen que los necesitan.

—Que eran los dientes de unos centinelas, o algo así —recordó Lucas.

—¡Y también que no somos dignos de ellos! —murmuró Carla, ofendida.

—Nos persiguieron hasta la cueva para cogerlos. Por eso tuvimos que derribar el portal —dijo Dani, mirando al suelo—, para que no salieran de Pangea.

—No les dejasteis salir entonces, y no les dejaremos entrar aquí ahora —prometió Jonás.

El explorador intentaba transmitirles confianza. Pero la pequeña pausa que los dinosaurios les habían concedido acababa de terminarse. La puerta del

palacio volvió a sacudirse y los cuernos del carnotauro abrieron un nuevo agujero en la madera. Todos comprendieron que aquella sala no era un refugio.

Era un callejón sin salida.

—¿Se está haciendo de día? —preguntó Lucas, tirando de la manga de Carla.

Tenía los ojos entrecerrados tras las gafas, clavados en el cielo que clareaba por la terraza, al fondo de la sala.

—¡Oh, sí! —rezongó Elena—. Pongámonos a ver el amanecer antes de morir.

—Calla y mira, bruta —dijo Carla, seria—. Hay luces en el lago.

—Y algo que se mueve —murmuró Dani—. ¡Parecen personas!

—Quizá sean más carnívoros... —se preocupó la ingeniera Merón. Ahora que no podía controlar a su araña robótica, parecía completamente indefensa.

—Lucas, ¿llevas encima los prismáticos? —pidió Leo.

Lucas asintió, los sacó de la mochila y se los ofreció.

—¡No son carnívoros! —exclamó Leo—. ¡Es...!

—Es la ayuda de Zoic —dijo una voz a sus espaldas.

En lugar de mirar hacia donde señalaba Leo, todos se giraron hacia las escaleras.

El profesor Arén estaba allí.

Parecía una persona distinta de la que los había abandonado hacía un momento. Una persona distinta a la que llevaba días acompañándolos por la jungla. De pronto, parecía el profesor Arén que todos conocían.

—¿Se puede saber qué estabas haciendo, Arén? —preguntó Jonás, furioso.

—Buscar una salida —respondió Osvaldo, sin disculparse. Luego se arrodilló junto a la araña robótica de la ingeniera Merón. Mirando a Lucas, preguntó—: ¿Me dejas tu mochila?

—S-sí, claro —respondió el pequeño inventor, acercándosela.

El profesor rebuscó en su interior y sacó algo parecido a un destornillador.

—Esto puede servir —murmuró, usándolo para forzar uno de los compartimentos del robot.

—Está estropeado, Osvaldo —se lamentó Vega, mostrándole la pantalla fundida—. Ya no puedo controlarlo.

—No nos hace falta controlarlo. —Osvaldo sonrió de medio lado—. Solo necesitamos lo que hay dentro.

En ese momento, el compartimento del robot se abrió. El profesor Arén sacó el cable que habían usado para descolgarse de la secuoya la mañana después del ataque a la expedición.

—¿De cuántos metros disponemos? —le preguntó Osvaldo a la ingeniera.

—Aproximadamente cuatrocientos —respondió Vega, confusa—. Pero ¿para qué necesitas saberlo?

La expresión del explorador Bastús pasó de la furia a la esperanza cuando comprendió lo que el profesor pretendía.

—¡Será suficiente, Arén! —dijo, corriendo a asomarse por la terraza—. Calculo que hay una caída de unos trescientos metros. Sobrará cuerda.

—Perfecto. Ahora solo tenemos que...

El profesor Arén no pudo terminar la frase. El carnotauro volvió a golpear la puerta y el palacio entero vibró con el impacto. La madera crujió y se agrietó.

No iba a aguantar mucho más.

—¿Y no podemos usar los rayos aturdidores para ganar tiempo? —sugirió Dani, señalando la araña robótica que les quedaba.

—¡Quizá podamos activarlos manualmente! —exclamó Leo.

—Imposible —respondió Vega—. Todos los mecanismos están fundidos. Y las piezas de repuesto se han quedado en la pirámide...

—No todas —la interrumpió Jonás, sacando una pequeña esfera metálica de su mochila—. ¿Esto podría servir?

—¡Bibot! —exclamó Lucas—. ¡Estás aquí!

La ingeniera Merón se alegró, pero volvió a entristecerse al instante.

—Si tuviéramos algo con lo que controlarlo...

—¿Como esto, por ejemplo? —preguntó Lucas, sacando el dispositivo casero con el que había intentado controlar a Bibot en el helicóptero.

A la ingeniera se le iluminaron los ojos cuando el pequeño inventor le puso aquella especie de mando en sus manos.

—Jonás, tú piensa cómo fijar el cable —dijo el profesor Arén—. Vega y yo nos ocuparemos de colocar la trampa.

—¿Y nosotros qué hacemos? —preguntó Dani.

El profesor Arén se agachó junto a las escaleras y sacó cinco trajes hechos de distintos materiales. Cada uno tenía una herramienta especial y una gema de un color distinto encajada en el pecho.

—Necesitaréis protección —sonrió—. Poneos esto.

Nombre científico: *Pachycephalosaurus wyomingensis*

Grupo: cerápodo, marginocéfalo, paquicefalosaurio

Cuándo vivió: hace 70 millones de años, Cretácico superior

Dónde vivió: Norteamérica

Alimentación: fitófago (herbívoro)

Tamaño: hasta 5 metros de largo

Se han encontrado sus fósiles en Norteamérica. Estos dinosaurios tenían el cráneo muy grueso, de hasta 20 centímetros de grosor, y posiblemente lo usaban para dar cabezazos.

Otra info:

La parte reforzada del cráneo de estos dinosaurios se llama domo y suele estar rodeada de púas.

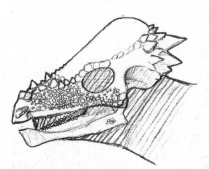

Capítulo 13

DINOS CONTRA ROBOTS

En la puerta se dibujó un rayo que la recorría de arriba abajo. Cada vez que el espinosaurio y el carnotauro empujaban la madera, el palacio temblaba como si lo sacudiera un trueno. La barrera protectora cayó en una lluvia de objetos que resonaron contra el suelo de la sala. Por fin, la tormenta explotó con un rugido triple: Jurra, Rakku y Xeffir entraron saltando por el agujero que el carnotauro había abierto con los cuernos.

Las sombras de los utahraptores pasaron sobre las columnas como tres nubes negras. Una vez dentro, exploraron la sala con sus pupilas alargadas. Además de los restos de una araña robótica reducida a chatarra, vieron los cuerpos humeantes de sus hermanos troodones.

Pero ni rastro de los yajjilarii que buscaban.

Jurra lanzó un graznido, y los troodones aturdidos reaccionaron inmediatamente. Los que aún estaban fuera entraron por el agujero de la puerta y por las ventanas. Con ayuda del espinosaurio, el carnotauro golpeó la puerta una última vez, y la madera cedió del todo.

El rajkavvi de la joroba avanzó entre las patas de los inmensos terópodos y contempló el salón en espiral en silencio. Los depredadores no se movieron del sitio: todos tenían los ojos clavados en él.

El jorobado se quitó la capucha, señaló las escaleras detrás del altar.

Y los dinosaurios que invadían la sala echaron a correr hacia ellas como si fueran una sola criatura.

* * *

El techo de la cámara sagrada empezó a temblar como si hubiera un terremoto.

—¡Ya vienen! —gritó Lucas, escondido en uno de los huecos donde antes estaban los trajes.

—No me digas —rezongó Elena, agachada junto a uno de los tótems de piedra.

En una situación menos tensa, se habría burlado de su hermano. El traje de los cerápodos tenía una especie de hombreras que imitaban la cresta de los ceratopsios, y le sobraba armadura por todas partes. Llevaba a Trasto colgado a la espalda, con la cabeza asomando por una abertura del enorme escudo protector. El pobre parecía una tortuga con dos cabezas.

—¿Has terminado, Elena? —preguntó Dani con un susurro.

El traje de los saurópodos le quedaba tan apretado que casi no podía hablar. Se tiró otra vez de las anillas que había en el cuello de la armadura, intentando estirarlas, y se enroscó el látigo alrededor de la cintura. Después, ajustó algo alrededor del cuerpo de Carla.

—¡Sí, Elena! —dijo Carla—. ¡Date prisa!

Aunque seguía dolorida y encorvada, Carla parecía nacida para vestir el traje de los pterosaurios. Estaba hecho de un elegante tejido brillante y la capa imitaba unas alas. En el borde tenía unas pequeñas puntas de hueso, como si la capa misma pudiera usarse como arma.

—¡No me presionéis! —protestó Elena.

Cuando terminó de enrollar el cable metálico alrededor del último tótem de piedra, Elena se apoyó sobre la espada curva para levantarse y clavó los ojos en la puerta de la cámara sagrada.

Los terópodos llegarían en cualquier momento.

—¡Ya está! —dijo—. ¡Podéis bajarla!

Dani y Jonás se envolvieron las manos en trozos de tela, y empezaron a descolgar a Carla por el acantilado desde la terraza que daba al lago. Abajo, vestido con su traje de tiréoforo, Leo extendió los brazos para recogerla. Llevaba una maza, un casco y unas protecciones llenas de pinchos para los puños. Cuando Carla estuvo a salvo en el suelo, la ingeniera Merón corrió a desatarle el cable de la cintura.

—Es más divertido volar —se quejó la chica.

La ingeniera dio un fuerte tirón del cable, y Dani y Jonás lo recogieron a toda prisa.

—Arén, ayúdame —le pidió el explorador al profesor. Entre los dos enroscaron el cable alrededor del corpachón de Dani.

—Pero... —empezó a protestar el grandullón.

—Pero nada —replicó Jonás—. Yo solo no puedo bajarte. Eres el siguiente.

El gigante quiso decir algo, pero Jonás le apoyó una mano en el hombro y levantó los tres dedos del juramento de explorador. Dani asintió y se dejó bajar por el acantilado sin quejarse.

—¡Lucas, Elena! —llamó el profesor Arén a los mellizos.

—¡Ahora tenemos un poco de lío! —contestó el chico, señalando las escaleras.

Lucas pulsó un botón en el mando que había programado la ingeniera Merón. El generador de energía que el profesor había desmontado de la araña robótica se activó con un zumbido. Bibot estaba conectado a él. El pequeño robot movía su único ojo, nervioso, mientras los pasos en la escalera sonaban cada vez más fuertes. Las sombras de los depredadores inundaban las paredes de la sala.

Jurra, Rakku y Xeffir entraron en la cámara sagrada y fueron derechos hacia ellos. Los troodones se subieron a los tótems de piedra y Elena intentó ahuyentarlos con su espada curva. Los cuernos del carnotauro y el largo hocico del espinosaurio asomaron por la entrada y sus rugidos hicieron eco en la sala.

Trasto gimió y se revolvió debajo del escudo, aterrorizado.

Y Lucas activó la trampa.

—¡Protocolo de defensa activado! —gritó, cerrando los ojos detrás de las gafas.

Mientras él pulsaba a ciegas los botones de su pequeño mando, Bibot disparaba rayos aturdidores en todas direcciones.

—¡Cuidado! —Elena apartó a su hermano y lo puso a salvo detrás de un tótem.

—¡Perdón! —dijo Lucas, abriendo los ojos—. ¿He hecho daño a alguien?

—Solo a quien había que hacérselo —le sonrió su hermana, asomando la cabeza.

El plan había funcionado: todos los carnívoros habían caído al suelo, desmayados. La sala estaba en completo silencio. Lucas fue corriendo hacia el generador, desconectó a Bibot y se lo metió en la mochila.

—¡Vamos! —gritó Osvaldo—. ¡No estarán inconscientes mucho tiempo!

Como para confirmarlo, el carnotauro gruñó y sacudió la cabeza, confuso.

—Arén, baja con Lucas —dijo Jonás—. Elena y yo os seguiremos.

El explorador Bastús y el profesor Arén intercambiaron una mirada seria. Osvaldo asintió con gravedad.

—¿Qué pasa? —preguntó Elena. Tenía la sensación de que algo no iba bien.

—¡Vamos, Lucas! —respondió el explorador sin mirarla.

Jonás ayudó a Lucas y Trasto a subir a hombros del profesor Arén. Luego los ató a todos con el cable y, con ayuda de Elena, los descolgó acantilado abajo.

—¡Nos vemos en el suelo, enano! —se despidió ella de su hermano.

Los raptores arañaron el suelo de piedra con las garras y se pusieron en pie. Los troodones comenzaron a estirar los cuellos doloridos.

Y, mientras ataba el cable alrededor de la cintura de Elena, **Jonás Bastús se dio cuenta de que los depredadores se estaban despertando demasiado deprisa. No iban a conseguirlo.**

En ese momento, el espinosaurio se revolvió en el suelo. El carnotauro se levantó y les lanzó una dentellada. Elena agitó su espada y lo hirió en el morro.

Cuando volvió a mirar, vio que Jonás había atado un extremo del cable a la piedra más grande que había encontrado. Se acercó a Elena como un rayo, la levantó en el aire y corrió hacia la barandilla de piedra con ella a cuestas.

—¿Jonás? —se asustó—. ¿Qué estás haciendo?

Jonás parecía triste, pero también había una extraña paz en sus ojos cuando dijo:

—Este viaje lo haces tú sola, listilla. Protege a tu familia —sonrió—. Y, si ves a Penélope, dile que ahora estamos en tablas.

—¿Qué? ¡NO!

A Elena le dio un vuelco el corazón cuando el explorador la lanzó al vacío. Lo último que alcanzó a ver, mientras caía a toda velocidad por el acantilado, fue cómo Jonás esquivaba las

dentelladas de uno de los utahraptores y se enfrentaba, machete en mano, al enorme espinosaurio.

***

—¡Hay que desatarla para que Jonás pueda recoger el cable! —gritó Dani a su lado.

Elena abrió un ojo y se dio cuenta de que estaba colgada a menos de metro y medio del suelo. Estaba convencida de que el explorador la había arrojado a una muerte segura, pero lo había calculado todo a la perfección.

—¡JONÁS! —gritó—. ¡No! ¡Tenemos que ayudarle!

Desde la terraza de la cámara sagrada llegaron unos rugidos que le pusieron los pelos de punta. El profesor Arén la miró sin decir nada y negó con la cabeza.

Cuando la descolgaron del cable, Elena intentó ponerse de pie, pero se derrumbó en el suelo. Dani se arrodilló a su lado y la abrazó tan fuerte que casi le hizo daño. Los dos tenían las mejillas mojadas de lágrimas.

—Tenemos que irnos —dijo el profesor Arén, separándolos con delicadeza—. El equipo de Zoic ya debe de haber llegado a la orilla.

El gigante se secó los ojos con el dorso de la mano y asintió con la cabeza.

—Por aquí —señaló, guiándolos como lo habría hecho el explorador.

Dani los metió por una zona de la jungla en la que los grandes helechos casi tapaban el suelo completamente. Elena iba delante de él, cortando las hojas más altas con su espada, despejando el camino y liberando toda su rabia y su tristeza.

—Carla, ¿estás bien? —preguntó Lucas al verla cojear. Caminaba apoyándose sobre la larga cerbatana de los pterosaurios.

Carla se enderezó rápidamente. Era demasiado orgullosa para reconocer que estaba herida. Pero dejó que Lucas le pasara disimuladamente el brazo bajo la capa del traje y la sujetara por la cintura para ir más deprisa.

Leo iba justo detrás, con los ojos clavados en el horizonte. Aunque se habían alejado bastante, aún oía el eco de los rugidos en el palacio. Intentó distinguir la voz del explorador: si había alguien capaz de salir vivo de algo así era Jonás Bastús.

O su tía Penélope.

De repente, los rugidos dejaron de sonar. Leo se dio media vuelta para mirar hacia el acantilado. Y al ver las caras de la ingeniera Merón y el profesor Arén, que corrían detrás de él, se le partió el corazón.

* * *

Aunque la huida entre los helechos no duró más de media hora, se les hizo eterna. Sabían que corrían hacia su salvación, pero ninguno conseguía alegrarse. Estaban doloridos, tristes, cansados y asustados. Tanto, que cuando dos miembros de Zoic los vieron desde lejos y les hicieron señas para que se acercaran al lago, la ingeniera Merón ni siquiera tuvo fuerzas para devolverles el saludo.

De repente, el hombre y la mujer que agitaban los brazos frenaron en seco. Sus sonrisas se transformaron en muecas de horror. Elena miró atrás al ver que los dos daban media vuelta y echaban a correr hacia el campamento.

—¡Lucas, Carla! ¡Al suelo! —gritó al ver que las garras de Jurra casi rozaban el escudo que su hermano llevaba a la espalda.

Elena empuñó su espada y le hizo un profundo corte en el hocico al utahraptor.

—¡Tenemos que llegar al campamento! —gritó Dani, poniéndose delante de los demás y agitando el látigo en el aire.

Elena, Leo, Carla y Lucas se pusieron en círculo, rodeando al profesor Arén y la ingeniera Merón. Aunque les temblaban las manos, levantaron aquellas armas que no sabían usar y apuntaron con ellas a la manada de raptores que asomaba entre los helechos. El carnotauro y el espinosaurio salieron de la jungla. Ni siquiera corrían. Sabían que los tenían acorralados.

—¡Vega, hay que hacer algo! —gritó el profesor Arén, viendo cómo los troodones se unían a aquellos carnívoros enormes.

Pero Vega no le hacía caso. Miraba al cielo, donde algo zumbaba con fuerza sobre ellos.

El zumbido venía de uno de los drones de Zoic. Enganchada en unas pequeñas pinzas, el robot volador traía una pantalla igual a la que se le había fundido a la ingeniera durante el ataque. Vega extendió los brazos y el dron dejó caer el artilugio en sus manos. En cuestión de segundos, la mujer tecleaba órdenes a toda velocidad, atrayendo hacia ellos a todo un ejército de máquinas.

—A ver quién gana ahora —susurró, tecleando el último comando para activar el modo de combate—. Las grandes bestias del pasado o los inventos del futuro.

Entre los refuerzos había arañas robóticas, robots de expedición, drones voladores de varios tamaños e

incluso una especie de androides con patas de raptor que corrían a casi cincuenta kilómetros por hora y apuntaban a los carnívoros con cañones aturdidores.

Los drones empezaron a perseguir a los troodones. Desde el aire les lanzaban pequeñas bombas que se les clavaban en las escamas y, cuando explotaban, les prendían fuego a las plumas del lomo y los brazos. Los robots de expediciones disparaban redes para inmovilizar a los raptores. Las arañas rodeaban a los grandes carnívoros y los rechazaban con sus cañones aturdidores.

Animados por la ayuda, Elena, Lucas y Leo usaron sus armas contra los utahraptores.

—¡Toma! —dijo Lucas, golpeando con su escudo el lomo de Rakku.

—¡Fuera de aquí! —gritó Leo, dándole un mazazo a Jurra.

—¡Arghhh! —rugió Dani, haciendo chasquear el látigo en el morro de Xeffir.

—¡Profesor, cuidado! —gritó Elena, levantando su espada cuando vio que el espinosaurio abría el hocico para atraparlo.

Las arañas robóticas y los androides se le adelantaron. Colocándose frente al gigantesco reptil, empezaron a lanzar rayos aturdidores y proyectiles hasta que el animal cayó de rodillas.

—¡Estamos ganando! —exclamó Carla, bateando con su cerbatana a un pequeño troodon.

—¡La expedición está volviendo a la jungla! —señaló Lucas, descolgando a Trasto de su espalda para correr hacia el lago—. ¡Tenemos que llegar hasta ellos!

La ingeniera no levantó la vista de la pantalla. En lugar de hacer caso al pequeño inventor, siguió dando órdenes a sus robots y descargando todo su armamento contra los dinosaurios. Era como si estuviera en otro mundo.

—¡Vega! ¡Corre! —gritó el profesor—. ¡Tenemos que...!

Cuando intentaba llevar a la ingeniera hacia la orilla, el profesor Arén se dobló de dolor y cayó al suelo. Gritaba y se retorcía como si Vega acabara de alcanzarle con uno de sus rayos.

—¡Osvaldo! —la ingeniera reaccionó y se agachó para ayudarle—. ¿Estás bien?

El profesor levantó la cabeza. El hombre~raptor jorobado estaba allí, entre la maleza, acariciando lentamente la pata del carnotauro. Lo notaba en su mente.

Mirándole.

Hablándole.

Sonriendo.

Osvaldo Arén clavó sus pupilas alargadas en la ingeniera. Soltó un rugido y se rasgó el polo de Zoic, dejando a la vista las escamas y las plumas que le habían crecido en el pecho. Con una mano curva como una garra, le arrebató la pantalla a Vega y empezó a teclear órdenes en el dispositivo para dirigir el ejército de robots hacia sus alumnos.

Y con sus últimas fuerzas y una voz ronca, mitad humana, mitad animal, les gritó:

—¡Corred!

Nombre científico: *Pachyrhinosaurus canadensis*

Grupo: cerápodo, marginocéfalo, ceratopsio

Cuándo vivió: hace 70 millones de años, Cretácico superior

Dónde vivió: Norteamérica

Alimentación: fitófago (herbívoro)

Tamaño: hasta 5 metros de largo

Un pariente del tricerátops, que en vez de tener cuernos en su cráneo, tenía una especie de chichón sobre la nariz. Se han encontrado yacimientos con muchos ejemplares de muchas edades, por lo que sabemos que vivían en manada y cuidaban de sus crías.

Otra info:

Las púas y la gola de su cráneo le servían para defenderse e intimidar a los depredadores.

Capítulo 14

SIN PODERES, SIN ESCAPATORIA

Dirigidos por el profesor Arén, los robots no tardaron en rodearlos. Cada vez que las máquinas se acercaban un paso, la ingeniera y los chicos tenían que retroceder otro hacia el borde del lago. Una larga caída los separaba del agua. A lo lejos, los miembros de Zoic corrían hacia la playa donde habían montado el campamento. Los cinco amigos y la ingeniera vieron cómo cortaban las amarras y, aterrorizados, se alejaban por el agua a bordo de las balsas en las que debían rescatarlos.

El hombre-raptor seguía junto a la jungla. Hizo un gesto a los siervos que aún quedaban en pie para que fueran a ayudar a los robots. Los dinosaurios estaban agotados, pero obedecieron. El carnotauro resoplaba como si fuera a desplomarse en cualquier momento. Los utahraptores heridos miraron a los chicos con odio y se mantuvieron a cierta distancia, esperando la orden de su amo para atacar. El profesor seguía manejando las máquinas como si fueran marionetas.

Leo intentó apartarse de ellos, pero había llegado al borde del acantilado. Una piedra que había empujado con el zapato cayó rodando al agua.

Ya no podía retroceder más.

—¿Aldo? —dijo, con voz llorosa.

El profesor Arén respondió con un rugido de rabia y dolor. Parecía luchar consigo mismo. Se sacudía mientras tecleaba comandos a toda velocidad en la pantalla, gruñía y murmuraba cosas sin sentido. Los robots se acercaban cada vez más a ellos. Los dinosaurios también. Casi notaban el aliento de Jurra, Rakku y Xeffir.

Los raptores se relamieron.

—Osvaldo, ¿qué está pasando? —A Vega también le tembló la voz. Le preocupaba estar rodeada por sus propias creaciones, con las que nunca se había sentido amenazada.

—Entregadme losss amuletosss —dijo entonces Osvaldo con un siseo de reptil que no se parecía en nada a su voz.

Ya no se revolvía ni luchaba. Los cinco amigos y la ingeniera vieron cómo un segundo par de párpados se deslizaba sobre sus pupilas alargadas.

Fuera lo que fuera contra lo que combatía, le había ganado la partida.

El profesor ya no estaba allí.

—¡No! —contestó Elena, empuñando su espada curva. No amenazaba al profesor, sino al hombre-raptor que, sin mover los labios ni acercarse al peligro, hablaba a través de él.

—¡Eresss ridícula! —se carcajeó la boca de Osvaldo—. Ni sssiquiera sssabesss sssosssstener la esssspada correctamente.

A pesar del dolor de espalda, Carla se irguió, orgullosa, junto a su amiga.

—Si tanto los quieres, tendrás que quitárnoslos.

—Osss creéisss muy poderosasss por vesssstir la armadura de losss yajjilarii —dijo aquella versión reptiliana del profesor Arén—. Pero no entendéisss el poder de losss yajjaali. Sssi asssí fuera, ahora podríaisss defenderosss.

—Eso es verdad —susurró Lucas, avergonzado, protegiéndose con el escudo—. Algo hemos roto en los dientes. Los hemos dejado sin poder.

—Sssi me losss entregáisss, osss enssseñaré a usssarlosss. Osss enssseñaré a dominar a lasss criaturasss de vuessstro clan —prometió el profesor, alargando su garra hacia Trasto.

La cría de tricerátops dio un paso atrás y se escondió tras las piernas de su humano adoptivo.

—Igual deberíamos hacerle caso, aunque no queramos —opinó Dani—. Estos dientes solo nos han traído problemas...

—No —se plantó Leo, protegiendo su diente con la mano—. Aldo, sé que estás ahí. Por favor, si puedes escucharme, déjanos marchar. Zoic aún puede llevarnos a casa.

El hombre-raptor movió una mano en la distancia y los carnívoros rugieron. El profesor Arén ignoró las súplicas de Leo. Tecleó algo en la pantalla, y las arañas robóticas y los androides los apuntaron con los cañones y los ganchos de sus patas.

—Sssi no queréisss entregarlosss, entoncesss osss obligaremosss a hacerlo.

Uno de los androides estiró uno de sus brazos robóticos hacia Elena. Ella protegió instintivamente el amuleto. Pero, en lugar de intentar arrancárselo, la mano del robot se cerró alrededor de su cuello y empezó a asfixiarla.

—¡Por favor, Aldo! —suplicó Leo, de rodillas y con las manos enlazadas—. ¡Tú no eres así! ¡Tienes que luchar!

El robot apretó el cuello de Elena, que pataleaba en el aire con los dientes apretados.

—¡Suéltala! —gritó Lucas, lanzándose contra el robot—. ¡Le estás haciendo daño!

—¡No puedo abrirla! —dijo Dani, intentando forzar la pinza metálica con las manos.

La ingeniera Merón no entendía nada de lo que estaba ocurriendo. No entendía por qué Osvaldo los había traicionado, ni por qué tenía escamas y plumas en la piel. No entendía por qué los dinosaurios obedecían a aquel encapuchado. No entendía el origen del poder de los amuletos.

Pero sabía que eran su única salida de aquel infierno.

—¡Dadles los malditos dientes! —gritó, dando un paso al frente—. ¡No pienso dejar que nos maten a todos por esas estúpidas piedras!

Vega extendió la mano hacia el colgante de Carla. Al ver lo que pretendía, la chica intentó apartarse, pero la ingeniera le clavó un codo en la espalda.

—¡Aaaah! —chilló Carla, cayendo al suelo.

—¡Ingeniera Merón! —gritó Leo—. ¿Pero qué está haciendo?

Elena volvió a patalear en el aire con todas sus fuerzas. Finalmente, una de sus patadas alcanzó la pantalla que el profesor sostenía en sus garras. El robot abrió el gancho que la asfixiaba y Elena se desplomó en el barro, cerca de su amiga. Se arrastró por el suelo y la cubrió con su cuerpo.

—¡Deja en paz a la pija! —jadeó, intentando protegerla.

Dani, Lucas y Leo intentaron ayudarlas, pero el profesor había recuperado el control de la pantalla. Las arañas robóticas les apuntaron con sus cañones y los androides los inmovilizaron con sus brazos ganchudos.

La ingeniera Merón aprovechó que ninguna de las chicas podía defenderse para arrancarles los dientes del cuello con un elegante movimiento.

—Al fin descubriremos para qué sirven —dijo, sosteniendo cada uno en una mano.

Se los ofreció al profesor Arén, pero Osvaldo, o lo poco que quedaba de él, retrocedió asustado.

—¡Asssí no! ¡Essstúpida! —siseó, protegiéndose con la pantalla como si fuera un escudo—. ¡Deben entregarlosss voluntariamente!

Las manos de la ingeniera se iluminaron como si dentro tuviera dos estrellas. Empezó a salirle humo de los puños.

—¡Ingeniera, suél-telos! —le suplicó Lucas.

Pero Vega no podía abrir las manos. Era como si las tuviera pegadas a los amuletos de piedra.

—¿Qué me está pasando? —preguntó, aterrada—. ¡Quema! ¡Quema muchísimo!

Una bola de fuego cubrió sus puños, y una serpiente de chispas rojas y moradas le recorrió todo el cuerpo. La ingeniera cayó al suelo, gritando de dolor. Se retorcía con tanta fuerza que le crujió la espalda. El resplandor se apagó y ella quedó tumbada, inmóvil y en una postura extraña, con las manos abiertas y humeantes.

Carla y Elena se arrastraron por el suelo hacia los dientes. Pero Jurra y Rakku pisaron cada uno el cordel de un amuleto y los alejaron de ellas.

—¡No toquéisss losss yajjaali! —advirtió el profesor Arén con aquella voz que no era suya—. ¡Obligadlasss a entregarlosss!

Los utahraptores sacudieron las plumas, contentos de poder comenzar el banquete. Acercaron la cabeza hacia las chicas con el hocico abierto.

—¡Aldo, por favor! ¡Vuelve! —suplicó Leo, llorando—. ¡Recuerda la promesa que le hiciste a Penélope!

Al oír ese nombre, las pupilas de Osvaldo volvieron a parecer humanas.

Su expresión se suavizó.

Su postura se relajó.

Pero un momento después el monstruo volvió a tomar el control. El reptil que era ahora se agachó junto a Jurra con una sonrisa cruel y se dirigió a Elena.

—Sssé que tú lo comprendesss, Elena. Tú lo hasss sssaboreado —siseó—. Esss un poder másss grande que tú. Pero sssi me entregasss el diente, podríasss llegar a ssser digna. La másss poderosssa. La reina de esssta jungla.

Los ojos de Elena resplandecieron un segundo con un brillo rojo. Lo que decía aquel extraño que había poseído al profesor era tentador. Miró a sus amigos, que gritaban. A su hermano, que solo quería defenderla. Recordó las palabras de Jonás.

No podía dejarlos solos. Tenía que protegerlos.

Eran su familia.

Su mirada de duda se convirtió en otra de desafío. Estiró la mano y la cerró alrededor de su amuleto.

—Ni lo sueñes, lagartija.

—¡Haced que sssufra! —ordenó la voz ronca a los raptores, furiosa.

Las criaturas no tuvieron tiempo de cumplir sus órdenes. Desde el borde de la jungla, el rostro del jorobado pasó de la furia a la sorpresa, de la sorpresa al miedo y del miedo al terror cuando una sombra gigantesca cubrió el borde del lago.

Cuando los cinco amigos miraron, vieron que por el borde del acantilado asomaba el hocico lleno de dientes de una inmensa criatura acuática.

—¡No puede ssser! —exclamó el jorobado, esta vez con su propia boca—. ¡Debissste haber caído en el templo!

—Pero no lo hice, sucio rajkavvi —exclamó una muchacha, saltando desde la punta del morro de la criatura.

Mientras el mosasaurio volvía a hundirse en el agua, Kahyla, yajjilarii de los ahuluna, aterrizó frente a los cinco amigos en posición de combate.

En su pecho brillaba, con una intensa luz azul, un diente de piedra.

Nombre científico: *Mosasaurus hoffmannii*

Grupo: escamoso, mosasaurio (no dinosaurio)

Cuándo vivió: hace 70 millones de años, Cretácico superior

Dónde vivió: Europa y Norteamérica

Alimentación: piscívoro/carnívoro

Tamaño: hasta 17 metros de largo

Los mosasaurios fueron de los reptiles marinos más abundantes durante el Cretácico. Eran grandes depredadores y no estaban emparentados con los dinosaurios.

Otra info:

Su cráneo es muy parecido al de sus parientes los varanos.
Sus dientes eran afilados y macizos.

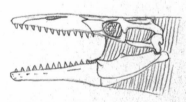

Capítulo 15

EL PODER DE LOS CENTINELAS

Elena había visto muchísimas cosas increíbles en Pangea. Criaturas extintas hacía miles de años que ahora estaban vivitas y coleando. Hombres-raptor capaces de dominar a los dinosaurios más poderosos de aquel mundo. Templos de una civilización desconocida. Tótems de luz que concedían poderes sobrehumanos.

Pero lo más increíble que vio fue cómo aquella chica de piel oscura y pelo rizado, vestida con una armadura como la suya, saltaba de la cabeza de un gigantesco mosasaurio frente a ella. En una mano sostenía una red de pesca; en la otra, una larga arma de madera tallada y parecida a un remo. Tenía los brazos y las piernas llenos de cortes y moratones y la armadura, hecha de una especie de cuero verde, mordida y desgarrada.

Debía de tener más o menos su edad, pero miraba al hombre-raptor y a sus criaturas sin miedo. El brillo azul del diente de piedra que colgaba en su pecho le iluminaba el rostro. Su expresión era feroz, pero al verla Elena sintió paz y tranquilidad.

Pensó que le gustaría ser como ella.

La admiró todavía más cuando la escuchó hablar por segunda vez.

—Aún estás a tiempo de retirarte, rajkavvi —amenazó al hombre-raptor.

El jorobado recorrió el tramo que separaba la jungla de la orilla del lago a una velocidad sobrehumana. Llegó junto al carnotauro y los raptores, y apartó al profesor Arén a un lado. El jorobado ya no hablaba a través de él, pero todavía lo dominaba de alguna manera. Osvaldo mantenía como un títere el control de los robots, que apuntaban todo su armamento hacia sus alumnos.

El hombre-raptor se quitó la capucha.

—Essstásss sssola, Kahyla de los ahuluna. Essste esss nuessstro territorio —siseó—. Aquí no puedesss tocarnosss.

—¿Eso crees? —le desafió la chica, sonriendo de lado.

Agarró el mango de la pala de madera con las dos manos y la golpeó con fuerza contra el suelo. El mosasaurio volvió a salir del agua, cazó a uno de los robots y, al caer, levantó una enorme ola que los empapó a todos. Los robots de la ingeniera Merón chisporrotearon como si hubieran sufrido un cortocircuito, pero se mantuvieron en pie.

—¿Pretendesss ahogarnosss, niña de lasss olasss? —se carcajeó el hombre-raptor.

No había terminado de decirlo cuando del agua surgieron dos criaturas largas como látigos. Medían más de siete metros y sus cabezas alargadas estaban llenas de dientes. La muchacha del amuleto azul guiaba sus movimientos con la pala de madera, dirigiéndolos hacia los siervos del hombre-raptor.

—¡Haz algo, humano essstúpido!

El jorobado sacudió al profesor Arén para que

pusiera en marcha los robots, pero el agua se había colado por las abolladuras y las grietas que les había dejado la lucha contra los dinosaurios. Estaban inservibles.

—¡Agachaos! —dijo Dani justo antes de que los cuellos de las criaturas pasasen sobre ellos.

—¿Qué son? —preguntó Elena, echada sobre el barro de la orilla, sin dejar de alucinar—. ¿Serpientes marinas?

—No son serpientes —contestó Leo a su lado, cubriéndose la cabeza con las manos—. Son elasmosaurios, de los plesiosaurios más grandes que llegaron a vivir en el Cretácico superior.

—¿Y esos cuándo vivieron? —preguntó Carla.

Con un índice tembloroso señalaba hacia una pareja de criaturas que subían arrastrándose por la pendiente del acantilado. Tenían cabeza de anguila y el cuerpo alargado. Por el hocico les asomaban unos colmillos larguísimos e irregulares. Parecían nutrias gigantescas con cola y escamas, y medían casi lo mismo de largo que los cuellos de los elasmosaurios.

—No puede ser —murmuró Leo al verlos acercarse—. Son notosaurios. Criaturas del Triásico, de hace más de doscientos treinta millones de años. Las más antiguas que hemos visto en Pangea...

—¡Y los últimos lagartos que vas a ver en tu vida como no te apartes, frikisaurio!

Elena tiró de su amigo para apartarlo del camino de aquellos reptiles, que avanzaban bamboleándose como los cocodrilos. Pero los notosaurios no estaban en absoluto interesados en Leo, ni en ninguno de sus compañeros. Arrastrándose por el barro sobre sus cuatro patas, se dirigieron directamente hacia las del carnotauro, y le clavaron los afilados dientes en los tobillos. El gigante carnívoro rugió de dolor y cayó derribado. Los elasmosaurios volvieron a barrer el suelo con sus cuellos, lanzando a los utahraptores y los androides casi hasta el borde de la jungla y aplastando a su paso a varias arañas robóticas.

—¡Maldita ssseasss, niña! —rugió de rabia el hombre-raptor al verse acorralado.

La pequeña parte de su ser que todavía controlaba la mente del profesor lo abandonó de repente. Osvaldo Arén cayó de rodillas como un muñeco sin vida.

—¡Aldo! —gritó Leo, intentando ir hacia él.

Pero la muchacha del diente azul se dio media vuelta en ese momento y le agarró del brazo.

—¡No! —le dijo, furiosa—. ¡Tenéis que sacar los ya-jjaali!

233

La muchacha perdió la concentración. Las criaturas que habían salido del lago para ayudarla regresaron al agua a toda prisa.

—¡Los yajjaali, deprisa! —gritó con urgencia—. ¡Necesitamos unir fuerzas!

Los cinco amigos la miraron confundidos. Casi tanto como se quedó ella al ver que iban vestidos con los trajes ceremoniales y empuñaban las armas de los centinelas, pero que no comprendían lo que eso significaba.

—¡Los dientes! —dijo entonces, agitando el suyo para que la entendieran—. ¡Sacadlos!

Elena se llevó la mano al cuello sin pensarlo dos veces. Pero Lucas dudó.

—Pero si al hombre-lagarto no le hemos querido dar los amuletos, ¿por qué a ella sí que...?

—Lucas, ¡hazle caso! ¡Nos está protegiendo! —insistió su hermana, sacándole el cordel de debajo de la armadura.

Enfadado, Trasto le dio una cornada en la pierna para que dejara en paz a su humano adoptivo.

—Elena tiene razón —dijo la profunda voz de Dani.

El gigante agarraba su amuleto sobre el pecho. No sabía quién era esa chica, pero claramente, estaba de su lado. Cuando Leo y Carla vieron que Dani le ofrecía el diente de piedra, hicieron lo mismo.

La chica fue pasando el amuleto con forma de diente de plesiosaurio sobre los suyos. Cuando los rozaba, los dientes de piedra se iluminaban débilmente.

—¡Hala! —se alegró Lucas, sintiéndose más fuerte de pronto—. ¡No estaban rotos!

—¿Rotos? —se sorprendió la muchacha—. Los yajjaali son objetos sagrados. No pueden romperse.

—¿Ka... Kahyla? —le preguntó Leo. El hombre-raptor la había llamado así—. ¿Puedes decirnos qué son? ¿Para qué sirven?

—Si habéis agotado su poder, sabéis lo suficiente —respondió ella con dureza—. Ahora no hay tiempo para explicaciones. ¡Adoptad vuestra forma de yajjilarii! ¡No puedo hacer esto sola!

Kahyla se colocó delante de ellos y se enfrentó al hombre-raptor. El jorobado se había girado hacia la jungla. Tenía los ojos cerrados, concentrado en llamar a nuevas criaturas que vinieran en su ayuda.

—Pero, qué está pasando... Ahhh, me duele... —gimoteó la ingeniera Merón, despertando de su desmayo—. Me duele muchísimo...

Intentaba moverse en el suelo, pero no lo conseguía.

—¡Vega! —exclamaron Lucas y Carla, agachándose para intentar socorrerla.

—¡No hay tiempo! —dijo Kahyla—. ¡Tenemos que aprovechar que está desprotegido! ¡Atacad conmigo!

La chica echó a correr hacia el jorobado, sujetando la pala de madera con ambas manos. Elena la siguió sin pensárselo dos veces.

—¡Rawwwwr! —rugió—. ¡Es hora de patear unos cuantos culos de lagartija!

—¡Vamos, Carla! —la animó Leo—. ¡Tenemos que ayudarlas!

—¡Voy!

Carla extendió los brazos, pero una oleada de dolor le sacudió el cuerpo. La lesión de la espalda le dolía demasiado como para desplegar las alas.

—¡Ayyy! —gritó, llevándose la mano al costado.

Miró a Lucas, y luego al suelo, avergonzada.

—No te preocupes. —Lucas le ofreció su escudo y preparó su bumerán—. Trasto y yo nos quedaremos aquí para protegeros a ti y a la ingeniera Merón.

La chica le dio las gracias con una sonrisa y sacó su cerbatana.

—¡Leo, están volviendo! —Dani se desenrolló el látigo de la cintura al ver que Jurra, Rakku y Xeffir regresaban a la carrera de la jungla.

—¡Vamos! —dijo él, empuñando su maza—. ¡Tenemos que rescatar a Aldo!

El hombre-raptor perdió la concentración. Al ver que los cuatro centinelas se acercaban, cogió al profesor Arén, que seguía tumbado en el suelo, y lo colocó frente a su cuerpo como un escudo. Desplegó una de las garras de las manos, y arañó con ella el cuello del hombre, que despertó de repente.

—¡No! —suplicó Osvaldo—. ¡Déjanos marchar!

—¡Dessspierta a tusss guerrerosss! —ordenó el hombre-raptor, obligándole a coger la pantalla.

El profesor dudó, pero el hombre-raptor apretó la garra con más fuerza. Un hilillo de sangre se deslizó por su cuello. Osvaldo obedeció, y los robots que aún estaban en pie reaccionaron y empezaron a disparar sus cañones.

Kahyla frenó en seco, esquivó un rayo y se agachó para evitar otro. Parecía desconcertada al ver aquellas máquinas que se acercaban a ella, amenazantes.

—¿Qué criaturas son estas? —le preguntó a Elena—. ¿A qué clan pertenecen?

—Son robots. Máquinas, herramientas que usamos para protegernos, como esta espada —intentó explicarle ella.

El hombre-raptor aprovechó el momento de desconcierto para lanzar un último rugido hacia la jungla. De entre los altos árboles aparecieron bestias enormes que se unieron a Jurra, Rakku y Xeffir en su carrera hacia los centinelas: una pareja de abelisaurios, un carnotauro y dos torvosaurios, cada cual más grande y feroz que el anterior.

Kahyla, que tan decidida parecía hacía un momento, sintió un escalofrío.

Miró atrás y vio a los muchachos disfrazados de centinela que la seguían.

Y supo que no estaban preparados para enfrentarse a aquellas bestias.

—¡Retirada! —gritó la centinela, dando media vuelta—. ¡Al acantilado!

—¿Cómo? —respondió Elena, confundida.

—Pero ¿y el profesor? —gritó Leo al ver que el hombre-raptor lo había dejado insconciente—. ¡No podemos dejarle en manos de esa cosa!

—¡La ingeniera no puede moverse! —gimoteó Carla. Los carnívoros que se aproximaban a ella la aterrorizaban. Pero le aterrorizaba todavía más no poder volar para huir de ellos.

Kahyla estaba desesperada por llegar al borde del acantilado antes de que los depredadores los alcanzasen.

—¡Corred! —insistió—. ¡Vuestras vidas son más importantes que las suyas!

—¡No les dejaremos aquí! —declaró Leo.

El chico plantó los pies en el suelo y se dispuso a luchar contra los carnívoros. Los demás lo rodearon y se transformaron en yajjilarii con sus últimas fuerzas.

Eran valientes, eso Kahyla tenía que reconocerlo. Pero si a ella le faltaba el aliento, aquellos yajjilarii que ni siquiera estaban entrenados morirían a manos de los rajkavvi en un suspiro. Ella no podría evitarlo.

Si fallaba, la tahulu la obligaría a entregar su amuleto.

Y Kahyla no tenía ninguna intención de fallar.

Derrapó en el suelo y desplegó su red de pesca. Con un rápido movimiento, la lanzó sobre los chicos y tiró con todas sus fuerzas.

La red se cerró como un puño.

—¿Se puede saber qué haces? —protestó Elena.

Ya no confiaba tanto en ella.

—Salvaros la vida —respondió Kahyla, atando rápidamente el extremo de la red.

Los siervos de los rajkavvi cada vez estaban más cerca.

El suelo temblaba bajo sus pisadas.

Tenía que darse prisa.

Mientras los cinco amigos pataleaban e intentaban liberarse, Kahyla tiró con toda la fuerza de su yajjaali y de sus brazos, y arrastró a la carrera el improvisado saco hacia el agua. Los yajjilarii gritaban y protestaban, pedían que los soltara, que volviera a por los adultos que habían dejado atrás.

—¡No! ¡No podemos dejar a la ingeniera! —gritaba la centinela dayáir.

—¡Aldo! ¡Tenemos que volver a por él! —exigía el centinela gubashka.

Pero Kahyla no volvió.

Corriendo lo más deprisa que pudo, llegó al borde del acantilado mientras las mandíbulas de los rajkavvi se cerraban a milímetros de la red.

Kahyla dio un fuerte silbido. Sin esperar respuesta, tiró del saco y se lanzó al vacío.

El inmenso mosasaurio que la había llevado hasta allí salió del lago de un salto justo cuando estaban a mitad de caída. Abrió las fauces, y Kahyla y los otros cinco centinelas se perdieron en las profundidades de su boca con un grito.

Nombre científico: *Nothosaurus giganteus*

Grupo: sauropterigio (no dinosaurio)

Cuándo vivió: hace 220 millones de años, Triásico medio

Dónde vivió: África, Europa y Asia

Alimentación: piscívoro/carnívoro

Tamaño: entre 1 y 7 metros de largo

Se han encontrado notosaurios en Europa, África y Asia. Fueron parientes de los plesiosaurios que habitaron a mediados del Triásico, cuando los dinosaurios aún no eran muy abundantes.

Otra info:

Tenían un cráneo aplanado, con los ojos en la parte delantera.

Hubo especies de pequeño tamaño, y otras como *Nothosaurus giganteus*, que llegó a medir 7 metros de largo.

Capítulo 16

MISIONES INCUMPLIDAS

Vega Merón veía borroso, como si estuviera atrapada en un sueño. O en una pesadilla, más bien. El dolor era la única prueba de que estaba despierta.

La tierra temblaba bajo su cuerpo. Las patas de los carnívoros, gruesas como troncos de árboles, se estrellaban contra el suelo y lo sacudían todo. Vega pensó que alguna de las criaturas la aplastaría, que habría un momento en el que todo se volvería negro.

No fue así.

La ingeniera Merón veía borroso, pero eso no le impidió verlo todo. **Vio que los chicos ahora eran seis. Que los dirigía una muchacha que les había devuel~**

to la luz a los amuletos. **Vio que intentaban enfrentarse al ejército de dinosaurios y máquinas, pero
que no podían con él. Que se retiraban.** Vio que una
red los envolvía, que algo los arrastraba a la orilla del
acantilado, que la enorme boca de una criatura acuática se los tragaba. Vio que el hombre-raptor maldecía con un rugido. Que uno de los carnívoros más
grandes cogía al profesor, inconsciente, entre sus dientes. Que se perdían en la jungla, llevándose sus robots.

**Vio que todos, absolutamente todos, la dejaban
atrás.** A ella y a sus piernas inservibles.

Vega miró al cielo y se quedó esperando el momento en que el dolor la envolviera del todo. El momento
en que sus ojos dejaran de ver.

Y entonces notó algo.

Un chisporroteo, un chirrido, un movimiento mecá-
nico.

Una esperanza.

La ingeniera Merón dio media vuelta como pudo y,
agarrándose a los helechos con las uñas, llegó hasta
el lugar donde una de sus creaciones se retorcía, dolorida, igual que ella. Era una gran araña centinela a
la que había alcanzado la ola de agua. Algunos cir-
cuitos se habían fundido, pero otros seguían funcio-
nando perfectamente. La ingeniera apretó los dien-

244

tes, hundió los dedos en la tierra, se arrastró por la orilla del acantilado.

Y recuperó las piezas que necesitaba para repararlo.

No conseguiría hacerlo funcionar por completo, pero la llevaría a casa.

La ingeniera Merón trabajó sin descanso, conectando y desconectando cables, sacando y reponiendo piezas, ignorando el dolor, hasta que la araña robótica extendió la antena de localización y movió las patas.

Encontraría al equipo de rescate de Zoic. Llegaría hasta ellos, aunque no pudiera hacerlo sobre sus propias piernas. Luego encontraría a los chicos. Descubriría de dónde procedía el poder de los amuletos.

Y les obligaría a entregárselo.

* * *

Osvaldo Arén supo dónde estaba en cuanto abrió los ojos. La oscuridad, el olor a azufre, los huesos desperdigados por el suelo de roca.

El resplandor rojo del huevo de piedra.

Aquella era la cueva de los hombres-raptor.

Tenía recuerdos muy vagos de cómo había llegado hasta allí. Y arañazos en el pecho y en la espalda que le hacían pensar que había vuelto a hacerlo en la boca de un terópodo. Aunque todo le resultaba familiar, había algo distinto en aquella guarida. Ahora, con las sombras de las criaturas que merodeaban por ella se mezclaban las siluetas de los robots de la ingeniera Merón. Bajó la vista y vio que todavía tenía la pantalla en las manos. No sabía cómo, pero debía de haberlos llevado hasta allí él mismo.

Eso, al menos, lo había hecho bien.

Todo lo demás, no.

—Hasss fallado —le recordó la voz del jorobado.

El siseo le produjo un escalofrío, pero, al contrario de lo que esperaba, no se dobló de dolor. No había escuchado aquella frase dentro de su cabeza, sino con los oídos. Por primera vez en semanas, sentía que su mente era solamente suya. Se notaba ligero, como si le hubieran quitado de encima un peso enorme.

La sensación de libertad duró muy poco.

—Hasss fallado —repitió una voz distinta.

El jorobado šalió de entre las sombras acompañado del hombre-raptor más joven y erguido que Osvaldo
ya conocía.

El profesor Arén no supo qué contestar. Sí, había fallado. Le había fallado a todo el mundo. A aquellos
seres crueles que le habían ordenado que hiciera algo
que no quería hacer. A Jonás, a la ingeniera Merón, a
sus alumnos. A Penélope.

Por su culpa, ahora todos estaban muertos.

Aprovechó la soledad mental para pedirles perdón,
en silencio. Se le resbaló una lágrima por la mejilla.

Bajó la vista al suelo y esperó a que la furia del hombre-raptor cayera sobre él.

—Hasss fallado —insistió una tercera voz, la del líder de los hombres-raptor. Hizo una pausa muy breve. El profesor pensó que iba a morir, pero entonces la voz añadió—: Pero nosss hasss sssido útil.

—¿Cómo? —preguntó, confundido.

—De no ssser por esssa condenada chiquilla, nosss habríamosss hecho con losss yajjaali —siseó el jorobado—. Hemosss essstado a punto de conssseguirlo.

—Tusss guerrerosss metálicosss ssson muy útilesss —dijo el joven, acariciando la silueta de uno de los androides.

—Nosss consssstruirásss un ejército —declaró el líder.

—Pero yo solo no podría... Mis conocimientos de robótica son limitados —intentó excusarse el profesor Arén—. Necesitaría a la ingeniera, las instalaciones de Zoic...

—¿Prefieresss morir, igual que la hembra y las crías? —le preguntó el líder de los hombres-raptor, agachándose para quedar a su altura. La sombra de Jurra, Rakku y Xeffir apareció tras su espalda.

Aquel ser clavó sus pupilas alargadas en los ojos del profesor. Osvaldo sintió cómo entraba en su mente, provocándole un dolor insoportable. Notó el aliento de los utahraptores, ansiosos por devorarlo.

Volvió a sentir miedo.

—Os ayudaré —accedió, aterrorizado.

El líder de los hombres-raptor le tendió una mano curva como una garra. El profesor Arén se la estrechó.

Sellar aquel trato fue lo más doloroso que había hecho en su vida.

Pero, si quería conservarla, no tenía otra opción.

* * *

Carla estaba de espaldas sobre la arena cuando la despertó un graznido. A todos los demás les puso los pelos de punta, pero ella sintió como si se llenara de vida.

Se incorporó con dificultad por culpa del dolor de espalda y miró al cielo.

El sonido procedía de allí: una bandada de seis criaturas aladas que parecían pelícanos de piel correosa planeaban sobre la bahía y se turnaban para sumergirse y atrapar peces. Carla calculó que, de ala a ala, debían de medir unos seis metros.

Extendió la mano para llamar la atención de Leo, que estaba tumbado a su lado.

—Leo, ¿qué son? —le preguntó en voz baja.

—Pteranodones —respondió él, observándolos con la boca abierta.

Uno de ellos descendió en picado y, justo cuando su largo pico se hundía en el agua, el hocico del mosasaurio que los había llevado hasta allí salió de entre las olas y lo devoró de un bocado.

Carla ahogó un grito.

—Ostras —dijo Lucas, que se había incorporado justo cuando las mandíbulas de la bestia marina se cerraban.

Trasto saltó de su regazo y se escondió detrás a su espalda.

—No puedo creer que hayamos viajado dentro de esa cosa —comentó Dani—. ¿Estamos en una isla?

—Estamos en Tazhlán —respondió Kahyla, con voz severa, detrás de ellos—. Y esa criatura no es una «cosa», es un miembro de los ahuluna, una criatura del agua.

Elena intentó tranquilizarla.

—No quería insultarte. Es que hay tantas cosas que no sabemos... —admitió.

—En eso llevas razón —dijo como si escupiera sus palabras—. No sabéis nada. No sé cómo han llegado los yajjaali hasta vosotros ni por qué os han elegido, pero no hacéis honor al título de centinelas. No sois dignos.

—Mira, en eso estás de acuerdo con el hombre-raptor —intervino Carla. Estaba cruzada de brazos, y se

sentía ofendida por la regañina—. Igual tendrías que haber dejado que se los quedaran.

Kahyla se puso roja de furia.

—¡Necia! ¡Ser yajjilarii no es solo vestir un traje y usar el poder de los dientes! ¡Es una gran responsabilidad! —le gritó—. ¡Muchas criaturas han muerto por vuestra culpa! ¡Habéis desperdiciado un poder sagrado! Los dayáir, los gubashka, los maymnami, los rajkavvi y los yiaulú que os obedecen no son juguetes. Se os ha concedido un gran don, pero no tenéis ni idea de lo que significa.

Carla se encogió, avergonzada.

—¡No le hables así! —gritó Lucas.

Trasto corrió por la playa y le clavó los cuernos en las espinillas a la centinela. Kahyla se olvidó de Carla y miró a la cría con desprecio.

—Tú, haz que tu kaintuli se comporte —le dijo a Lucas, un poco más calmada.

El pequeño inventor no se atrevió a preguntar qué significaba aquella palabra. Cogió a Trasto en brazos y se apartó de aquella furiosa muchacha.

—Si tan mal lo estamos haciendo, ayúdanos a salir de aquí —propuso Dani.

—¿Y adónde pretendéis ir, gigante maymnami? —preguntó Kahyla.

—De vuelta a nuestro mundo —dijo Leo—. A casa.

Kahyla le miró confundida.

—Este es vuestro mundo, vuestra casa —respondió, negando con la cabeza. Les dio la espalda y empezó a caminar hacia el bosque de palmeras que había un poco más adelante—. La tahulu os espera. Pero antes tenéis que estar preparados. Vuestro entrenamiento empieza mañana.

Epílogo

LA TRIBU

El anciano salió encorvado de la construcción de piedra. La luz del sol le obligó a entrecerrar los ojos. Hacía mucho que no tenía fuerzas para levantarse de la cama, pero aquella vez la situación lo merecía. Junto a la puerta había un bastón de madera terminado en una punta redondeada y llena de pinchos, como la maza de la cola de los gubashka. Con una mano apoyada en él y la otra en las paredes de las casas vecinas, fue avanzando muy despacio por la calle empedrada.

Por el camino se cruzó con dos criaturas jóvenes que decidieron acompañarlo. La que caminaba a su izquierda era una hembra rojiza de formas redondeadas, cubierta con una armadura de púas de la cabeza hasta la cola, y dos largos pinchos que asomaban sobre las patas delanteras, de unos cinco metros de largo. A su derecha lo hacía un animal más pequeño y estilizado, con menos púas. Tenía las patas más largas que su compañera. Las posteriores eran más fuertes que las delanteras, pero a veces se apoyaba sobre estas últimas para caminar.

—Bo-rea-lo-pel-ta —silabeó el anciano, acariciando a la criatura de su izquierda—. Sce-li-do-sau-rio —rio, tocando a la de la derecha suavemente con su bastón.

Aquellos extraños nombres que la forastera daba a los gubashka le hacían cosquillas en la boca. En las largas horas que pasaba a solas en la cama, dolorido, sin poder moverse, el anciano se entretenía memorizándolos.

Los dos animales lo siguieron por la avenida principal, y se detuvieron junto a él cuando paró en el pozo, sacó el cubo y bebió agua. Les ofreció un poco, pero las criaturas la rechazaron. A veces olvidaba que los jóvenes no se cansaban tanto como él, un pobre anciano enfermo.

Los últimos metros hasta el palacio los recorrió casi arrastrando los pies. El animal de la coraza rojiza se agachó frente a él para que pudiera montarlo, y entró en el palacio sentado sobre su lomo, agarrado a la larga púa que sobresalía de su paletilla izquierda.

Alrededor del altar que había en el centro de la sala en espiral había varias personas arrodilladas. Todas se levantaron a la vez al ver al anciano y su montura cruzar la puerta.

—Tamudri, déjeme que le ayude —dijo una mujer, acercándose a la puerta.

—Sentaos, sentaos —les pidió—. Puedo llegar yo solo.

Apoyándose en su bastón, el anciano caminó hasta el altar. Sobre él flotaba un huevo de piedra casi esférico, ligeramente alargado en la punta. Tenía la superficie levemente rugosa y brillaba con una intensa luz naranja. El anciano apoyó la mano sobre él durante unos segundos. Y, de repente, sintió que se le enderezaba la espalda y que los dolores y los años le pesaban un poco menos.

—Tamudri, ¿a qué debemos el honor de su visita? —quiso saber un hombre de ojos pequeños y muy juntos.

—Traigo buenas noticias para la forastera —respondió el anciano con una amplia sonrisa—. Quería dárselas en persona.

La única mujer de la sala que no vestía una túnica dio un respingo.

—¿Están bien? ¿Los han encontrado? —preguntó, arrodillándose frente al anciano y agarrándole las manos con fuerza.

—La muchacha ahuluna lo ha conseguido. Podrás verlos pronto, puedes estar tranquila —hizo una pausa, para pronunciar bien su nombre—, **Pe~né~lo~pe.**

GLOSARIO DE LA LENGUA DE PANGEA

Ahuluna: clan de los plesiosaurios

Bayr/ad: huevo/s de poder

Dayáir: clan de los pterosaurios

Gubashka: clan de los tireóforos

Kaintuli: compañero de vida

Maymnami: clan de los saurópodos

Rajkawi: clan de los terópodos

Tahulu: jefa, anciana

Tamudri: jefe, anciano

Tazhlán: capital de los ahuluna

Yajjaali: dientes de poder

Yajjilarii: centinela, centinelas

Yiaulú: clan de los cerápodos

AGRADECIMIENTOS

SARA:

Lo hemos vuelto a hacer. En la primera aventura de Jurásico Total cerramos una puerta en Pangea, pero los misterios de este mundo lleno de criaturas y seres alucinantes nos llamaban a gritos, y no nos ha quedado más remedio que volver a entrar para seguir explorándolo.

Pero yo nunca habría sobrevivido a esta expedición, más peligrosa y trepidante que la anterior, si en ella no me hubieran acompañado:

El mejor equipo editorial de este mundo y todas sus versiones alternativas: Laia, Marta, Laura y Carlota, nuestras robots centinelas armadas con todo su arsenal de sabiduría, gracias por hacer que la historia llegue sana y salva hasta los lectores, y emocionaros con nosotros por el proceso.

El paleontólogo más molón desde Alan Grant: gracias, Francesc, por todo lo que me enseñas, y por lo bien que me lo paso aprendiéndolo. Esta aventura está siendo bestial, y tú tienes mucha culpa de eso.

Un intrépido ilustrador, que lo ha puesto todo de su parte para que Pangea y todos los personajes que la habitan cobren vida. Gracias Nacho, por la ilusión que le pones a esta historia, que rebosa en cada uno de tus dibujos.

Un montón de grandes y pequeños animadores culturales, que creyeron que este mundo existía antes incluso de que lo hiciera: gracias Elena, librera jurásica y mejor promotora de la lectura; Javi, dinosaurio de las redes radiofónicas, y a todos los que nos han invitado a sus casas y sus espacios para seguir expandiendo los horizontes de Pangea.

Mi kaintuli: gracias, Jesús, por meterme en un cubo de hojas de palma y echarme agüita cuando me quedo varada en las rocas de la bahía, por cargar conmigo acantilado arriba sin cansarte nunca y llevarme a que la tahulu me cure cuando me rompo un poco. Eres mi brújula en Pangea, y sin ti haría mucho tiempo que habría perdido las gafas y me habría comido el carnotauro. Espero que sigas guiándome y acompañándome siempre para hacer libros tan alucinantes como este.

Pero sobre todo, gracias a todos lo que estáis al otro lado de estas páginas: sin vosotros, nada de esto tendría sentido.

Os espero con más rugidos y aventuras en una página nueva.

FRANCESC:

Parece que fue ayer cuando estábamos empezando a escribir *Perdidos sin wifi*. ¡Y de repente estamos ya publicando la secuela! Este ritmo de publicación no sería posible sin Laia, Olga y Marta, y sin el resto del equipo de Penguin Random House, que ha creído tanto en nuestro proyecto. ¡Sin vosotras *Jurásico Total* no estaría creciendo tanto!

Es un lujo poder volver a Pangea acompañado por Sara. ¡No se me ocurre una compañera de expedición mejor! Y toda buena expedición necesita de alguien que lo documente, y Nacho es sin duda el mejor ilustrador que podríamos desear para que veáis a través de nuestros ojos. ¡Gracias a los dos, sobre todo, por molar tanto!

A todos los que me estáis sufriendo en «modo autor pluriempleado», amigos, familiares, compañeros. ¡Gracias por vuestra paciencia! Y a todos los que estáis como yo celebrando este año, un Año Jurásico como pocos.

Por último, a todas las maestras, maestros, madres, padres, abuelas, abuelos, tías, tíos o hermanas y hermanos mayores que alimentan las pasiones de los más pequeños. Estáis contribuyendo a que en el futuro siga habiendo locos como nosotros.

¿QUIERES SABER CÓMO EMPEZÓ TODO?

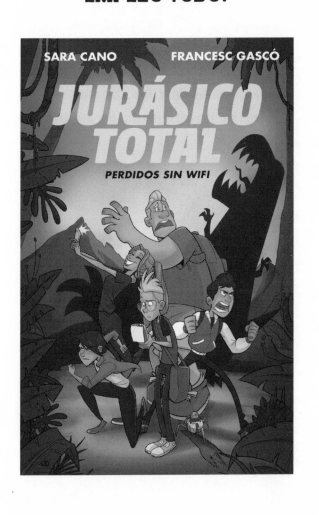

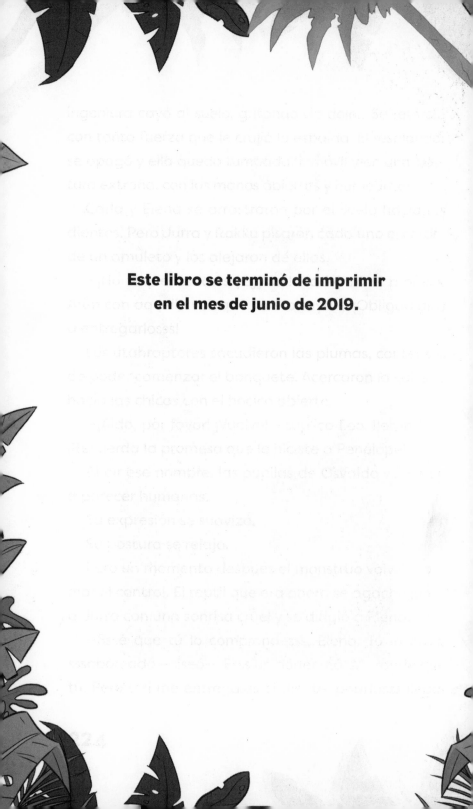

**Este libro se terminó de imprimir
en el mes de junio de 2019.**